詩가 있는 역사문화 에세이

배롱나무
꽃 필 적엔
병산에 가라

배롱나무 꽃필 적엔 병산에 가라

지은이 배국환
펴낸이 이충석
꾸민이 성상건
1쇄 발행 2016년 1월 18일
3쇄 발행 2016년 2월 17일
펴낸곳 도서출판 나눔사
주소 (우) 122-080 서울특별시 은평구 은평터널로7가길
20. 303(신사동 삼익빌라)
전화 02)359-3429 **팩스** 02)355-3429
등록번호 2-489호(1988년 2월 16일)
이메일 nanumsa@hanmail.net

ⓒ 배국환, 2016

ISBN 978-89-7027-180-4-03810

값 13,000원

이 도서의 국립중앙도서관 출판예정도서목록(CIP)은 서지정보유통지원시스템 홈페이지
(http://seoji.nl.go.kr)와 국가자료공동목록시스템(http://www.nl.go.kr/kolisnet)에서 이용하실 수 있습니다.
(CIP제어번호 : CIP2016002437)

詩가 있는 역사문화 에세이

배롱나무
꽃 필 적엔
병산에 가라

배국환 글 ㅣ **나우린** 그림

나눔사

들어가는 글

우현 고유섭(1905~1944) 선생은 한국 전통미의 특징 중 하나를 '구수한 큰 맛'이라고 했다. 단아하면서도 크다는 모순된 개념이 조화를 이루면서 한국적 특색이 되었다고 평가한 것이다.

내가 이 '구수한 큰 맛'을 찾기 시작한 것은 유홍준 교수님의 〈나의 문화유산답사기 5〉가 출간되던 10여 년 전부터였다. 문화재는 아는 만큼 보인다고 했다. 답사기, 미술사, 역사, 불교 관련 서적 등을 틈틈이 시간 날 때마다 읽기 시작했다. 건성으로 보았던 문화재들의 진면목이 차츰 새롭게 보이기 시작했다.

그동안 관심도 없었던 폐사지廢寺址를 찾아가기도 하고, 절집에 가면 대웅전의 지붕과 벽면의 모양새, 탱화, 불상, 석탑, 당간지주 등을 예전과 다른 눈으로 꼼꼼하게 들여다보곤 했다.

새로운 재미였다. 그러나 관료생활을 하면서 항시 바쁘게 살 수밖에 없었기 때문에 현직에 있을 땐 시간을 내기가 힘들었다. 2012년 공직에서 잠시 벗어나 2년 이상 모처럼 한가한 시간을 갖게 되었다. 물고기가 물 만난 듯 답사기를 들고 이곳저곳 여행을 다녔다. 서울의 궁궐, 왕릉, 성곽, 박물관, 미술관, 국보 건축물, 유명 사찰, 경주, 유교 문화권, 백제 문화권 등 특별한 계획 없이 생각나는 대로 발품을 팔았다.

이 무렵 각종 동창회나 모임에 나가서 사람들에게 등산만 다니지 말고 문화재 답사를 다니자고 제안을 했다. 다들 이구동성으로 좋다고 했다. 버스에서의 해설은 내가 도맡았다. '남도답사 일번지'라 불리는 나의 고향 강진은 매년 한번씩 지인들을 모시고 다녔다. 동행했던 분들은 새로운 발견을 한 것처럼 기뻐했다. 많이 힐링이 되었던 모양이다. 가이드가 있는 여행과 없는 여행은 천지차이다. 알수록 지적 만족과 감동이 커지기 때문일 것이다.

나는 답사 전문가가 아니다. 그저 취미 삼아 우리 문화유산을 찾아다니는 아마추어일 뿐이다. 돌아다니면서 개탄스러운 장면도 많이 목격했다. 고즈넉한 절집들의 옛 모습이 사라져가고 개축된 건물들은 무언가 어색하고 부자연스럽다. 고증이 되어 잘 되살린 것도 있지만 오히려 개악된 것들도 눈에 띄었다. 그리스나 로마 유적들은 폐허 상태로 유지하고 있는 것이 많다. 복원만이 능사가 아닌데….

내가 찾았던 한국의 미 '구수한 큰 맛'은 기소르망(전 파리대 정치학과 교수)의 견해대로 한국의 브랜드가 되어야 한다. 한국의 글로벌 기업들이 생산한 제품의 경쟁력은 보다 한국적인 데서 나온다. 달항아리가 모나리자에 견주어 뭐가 부족한지 모르겠다는 프랑스인의 열변에 부끄럽기만 하다.

언제부터인가 문화유적이나 유물을 보면 시적 감흥이 생겼다. 하나둘씩 적어 놓은 것이 제법 쌓이게 되었다. 답사기 형태의 에세이 글에 시심을 불어넣으면 보다 큰 감흥이 있겠다는 생각을 했다. 이 책은 그렇게 해서 태어나게 되었다.

써놓은 글 중 어느 것을 선정하여 정리하느냐 하는 것도 고민거리였다. 일단 필자의 시적 감흥이 컸던 문화재 관련 글을 우선 선정하였고, 다음으로 문화재 별로 편중되지 않게 유적지, 서화, 길, 인물, 자연 등이 고루 섞이도록 하였다. 그렇게 해서 이번에는 총 28편을 실었다. 첫걸음일 뿐이다. 앞으로도 가서 보고 느껴야 할 곳이 너무 많다.

책으로 엮으며 다시 한번 읽어보니 부끄러운 부분이 많이 보인다. 문화유산을 보고 느낀 감흥에 비해 그것을 제대로 표현하지 못했다는 자괴감이 든다. 하지만 부족한 대로 답사 당시 느낀 감흥을 시와 산문으로 남겨 오래도록 기억하려던 애초의 목적과 함께, 혹시라도 나처럼 우리 문화유산에 관심을 가지고 여행을 다니는 분들과 공유할 수 있는 책이 된다면 그것으로 만족이다. 시심으로 들여다보는 문화유산은 매우 함축적이다. 장황한 설명보다 한 편의 시는 생각의 속도를 빠르게 하고 마음을 쉽게 움직인다.

이 책은 크게 세 부분으로 구성되었다.

먼저 제1부에서는 비극의 역사현장을 다루었다. 옥호루, 청령포, 광성보, 남한산성 등 7개 지역의 우리 선조들의 피눈물 나는 역사가 있는 유적을 살펴보았다.

제2부에서는 우리 선조들의 수준 높은 예술성을 조망했다. 서화, 도자기, 훈민정음 등 9편을 수록했다.

제3부에서는 인물, 산, 길, 생태계 등 12편을 담았다. 특별히 내금강 답사기는 하루속히 금강산 관광이 재개되길 바라는 마음에서 많은 분량을 할애했다.

책을 펴내면서 많은 분들의 도움을 받았다. 먼저 흔쾌히 출판에 응해주신 성상건 나눔사 대표께 감사드린다. 그리고 예쁜 삽화로 본문을 아름답게 꾸며주신 나우린 화백께도 고마움을 표한다. 또한 훌륭한 연구실에서 작업할 수 있도록 배려해주신 가천대 이길여 총장님께 감사드린다. 아직 독수리 타법을 벗어나지 못한 나를 도와 이지은 씨가 수고해 주었다.

끝으로 항상 삶의 에너지가 되어준 가족들(부모님, 아내 박정기, 딸 지선, 사위 강신영, 아들 재현, 손자 강하엘)에게 이 책을 바친다.

2016. 1
가천대 연구실에서

시인 고 은

또 한번의 인연

인연이다.

45년 전 저자는 어린 중학생이었다.
학생들의 한 잡지에 출품한 저자의 시 한 편이 당선되었고
그때 내가 심사평을 한 적이 있다는 걸 최근에야 알게 되었다.
오래되어서 기억이 잘 나지는 않지만, 그 심사평에는
'학생이 크면 나랑 소주 한 잔 하자'는 내용도 있었다고 한다.

이제 추천사를 쓰게 되니 또 한번의 인연이 생겼다.

문화답사를 다니면서 문화유산을 시적으로 표현해 보려는
시도 자체가 평가할 만하다.
우리 문화유산에 대해 그냥 눈으로만 보는 게 아니라
마음으로 느끼면서 입체감을 가진 답사기를 이루었으니
그 또한 의미 있는 일이다.

배롱나무 꽃필 적엔 병산에 가라

전국무총리 **김황식**

마음의 힐링이 되는 책

저자는 경제관료 출신으로서 제가 감사원장으로 있을 때 감사위원으로 함께 근무했습니다. 그때 이미 저자는 우리 문화유산에 대해 많은 관심을 가지고 있었던 것으로 기억됩니다.

당시 저는 시간이 날 때면 감사위원들과 함께 점심시간 등 여가시간을 이용해서 북촌마을·경복궁·창덕궁·종묘 등 감사원 주변 문화유산들을 둘러보곤 했습니다. 그때 저자는 문화유산에 대해 높은 식견을 바탕으로 해설을 해주곤 했습니다.

그뿐만 아니라 저자는 감사원 재직 시 논어학습 동아리를 만들어 직원들과 같이 공부하는 남다른 모습도 보여주었습니다.

아마도 이 책은 그러한 저자의 노력의 결실이 아닌가 싶습니다.

자기 전문분야 이외의 분야에 대하여 폭넓게 식견을 갖는 것은 오늘날과 같은 융복합 시대에 있어서 매우 바람직하고 권장할 만한 일입니다.

저자는 단순한 답사에 그치는 것이 아니라 시와 에세이를 함께 덧붙임으로서 우리 문화유산에 대한 평가가치를 더 드높였다고 봅니다.

재미있고 유익한 내용이 가득한 이 책이 읽는 사람들의 마음에 힐링을 전해줄 것입니다.

명지대 석좌교수 **유홍준**

문화유산에 대한
감상시를 쓴다는 것

내가 문화재청장으로 재직 시 저자는 기획예산처의 경제관료였다. 대체로 경제관료는 문화, 특히 문화유산에 대해 큰 관심이 없는 편인데 저자는 그렇지가 않았다. 국회에서 인사를 나눌 기회가 있어서 처음 만났는데 그때 저자는 문화유산 답사에 관심이 많다는 얘기부터 해서 적이 놀랍고 반가웠다.

내가 〈나의 문화유산 답사기〉를 펴낸 이후 많은 답사기, 여행기들이 나오고 있는 것을 볼 수 있지만, 저자처럼 감상시를 중심으로 쓴 책은 보기 드물다. 유적의 해설이 아니라 유적에서 느낀 감상을 시 형식으로 압축한 것이다.

저자는 전문가가 아니라는 것을 명확히 밝히고 있지만 문화유산이란 전문가의 전유물은 아닌 것이다. 누구든 그 앞에서 느끼는 감정이 있는 것이고, 나아가서는 거기에서 영감을 얻을 수도 있다. 중요한 것은 대상에 대해 깊은 관심과 사랑, 그리고 열정을 갖고서 전국 방방곡곡을 다니면서 자신의 생각과 느낌을 갈무리하는 자세인 것이다.

그리하여 문화유산답사에 문학적 감흥이 더해진다면 그 여행은 더없이 좋은 일로 될 것이다. 그렇게 축적한 시들이 모여 이렇게 한 권의 책으로 되었으니 우리는 그의 시를 통해 문화유산을 보는 또 다른 시각을 경험하게 될 것이다.

바라건대 앞으로도 계속해서 답사를 다니고 좋은 문화재 관련 시를 남겨주어 한 시대를 같이 사는 사람들과 많은 정감을 더 나누기 바라는 마음이 일어난다.

차례

004 들어가는 글
008 추천의 글

Ⅰ 비극의 역사현장

016 옥호루의 외침 | 그곳에 가면 아직 남아 있는 메아리

024 서오릉 | 권력과 여인의 못된 정치가 있는 곳

032 청령포 | 어린 단종이 피눈물 흘린 단절의 땅

038 광성보 | 봉건의 고집과 자폐가 불러온 죽음들

046 남한산성 성벽 위에 올라 | 환향녀의 통곡에 탄천도 흐름을 멈추는 곳

054 마의태자의 환생 | 하얀 미소로 천년을 기다렸다

062 수덕여관 | 신여성들의 못다 푼 여성해방구

Ⅱ 예술혼

072 세한도 | 추사의 고독과 절제가 담긴 갈필

079 달항아리 | 가장 한국적인 브랜드

084 감은사지 삼층석탑 | 웅혼한 상승감과 비례감

092 무위사 맞배지붕 | 군더더기 없는 단순미

099 훈민정음 해례본 | 국보 1호가 되어야 할 하늘의 선물

109 서산마애삼존불 | 그곳에 가면 가슴이 뛴다

배롱나무 꽃필 적엔 병산에 가라

115　이도다완 | 조선 도공은 신이 내린 손을 가졌다

120　부근리 고인돌 | 선사시대의 명품

127　버림받은 범종들 | 중원을 울리던 송 · 원 · 명대의 범종

Ⅲ　자연, 사람 그리고 …

135　간송 예찬 | 민족의 영혼을 지킨 부자

142　강진의 추억 | 산, 바다, 역사, 맛, 멋이 어우러진 곳

150　병산서원 | 가장 한국적인 풍광

158　북촌 | 왕기 서린 기와집 골짜기

168　퇴계녀던길 | 도산에서 청량산 가는 퇴계의 공부길

176　다산의 오솔길 | 유자와 불자가 교우하던 걷고 싶은 길

184　소래습지 | 칠선초와 해당화가 정겨운 염전 터

191　홍어 | 코를 톡 쏘는 중독성 있는 발효식품

196　모란장 | 잊혀져가는 옛 정취를 느낄 수 있는 곳

207　맹꽁이 | 멸종 위기의 한국적인 개구리

210　어비계곡 | 물고기 날아다니는 서울 근교의 한적한 계곡

219　내금강 답사기 | 금강의 속살을 찾아서

에필로그

239　분당 뒷산에서 | 소박한 동네 뒷산에서 아날로그를 그리워하다

詩가 있는
역사문화 에세이

I

비극의 역사현장

옥호루의 외침
그곳에 가면 아직 남아 있는 메아리

서오릉
권력과 여인의 못된 정치가 있는 곳

청령포
어린 단종이 피눈물 흘린 단절의 땅

광성보
봉건의 고집과 자폐가 불러온 죽음들

남한산성 성벽 위에 올라
환향녀의 통곡에 탄천도 흐름을 멈추는 곳

마의태자의 환생
하얀 미소로 천년을 기다렸다

수덕여관
신여성들의 못다 푼 여성해방구

옥호루의 외침
그곳에 가면 아직 남아 있는 메아리

을미년乙未年 축시丑時는 푸르고 검었다
유성이 빗금을 긋고 사라질 무렵
사악한 그림자는 건청궁 주변을 스멀거렸다
사냥감을 포위한 고요 속으로
'여우사냥'의 외침은 비겁하게 울렸다
장안당 황룡은 잠을 설치며
무거운 눈꺼풀을 내렸다
곤녕합 옥호루의 백학은 가위눌림에
식은땀을 흘리고 있었다

이내

세속의 더러움이 머리채를 잡아챘다
창포 냄새 진한 검디검은 머리칼이 공중으로 흩날렸다
하얀 치마 저고리가 어둠속에서 춤췄다
10월 상달의 희미한 빛은

배롱나무 꽃필 적엔 병산에 가라

여인의 속살에서 눈부시게 빛났다
더러운 발자국이 흰 살에 찍혔다
게다짝 낭인들의 칼끝이 젖무덤을 뚫었다
이미 신성神聖은 없었다
녹산으로 유기된 시신은 기름 냄새와 함께 태워졌다
그곳엔 메아리만 남았다
저항의 외침은 백악의 하늘 아래 장중했다

"나는 이 나라의 국모國母이니라."

1895년 10월 8일 새벽, 경복궁에선 천인공노할 사건이 일어난
다. 명성황후가 일본 낭인 등의 손에 의해 시해된 것이다. 일본공사 미우
라 고로三浦梧樓가 지휘하는 40여명의 낭인들은 '여우사냥'의 암호명에
따라 왕후의 침실인 건청궁*곤녕합 옥호루에서 잠을 자고 있는 명성황후
를 무참히 살해한다. 이 정도가 우리들이 알고 있는 역사 상식이다.

*건청궁(乾淸宮)은 아버지 흥선대원군과의 대립관계에서 국왕으로서의 주도권을 회복하여 정국을
능동적으로 이끌었던 고종의 거처이자 고종이 명성황후를 위해 1873년(고종 10년)에 조영한 별궁이
었다. 건청궁 또한 경복궁의 많은 전각처럼 일제에 의해 하나둘 철거되어 빈터로 남아 있다가 2007
년에 복원되었다. 건물 배치는 크게 장안당 · 곤녕합 · 복수당의 세 부분으로 나뉜다. 장안당 서쪽에
는 각감청이 있고, 남쪽에는 연못과 그 안에 만들어진 섬, 향원정 등이 있다.

복원되기 전의 건청궁 옥호루.
건청궁은 일제에 의해 하나둘 철거되어 빈터로 남아 있다가 2007년에 복원되었다.

배롱나무 꽃필 적엔 병산에 가라

그런데 최근 작가 김진명 씨가 한 종편방송에 나와서 충격적인 사실을 이야기했다. 여기에 이런 이야기를 옮기는 것이 적절한 것인지는 모르겠다. 그러나 역사적 사실을 우리 국민 모두가 알아야 하고, 일본인들의 만행에 대해 끝까지 잊지 않고 단죄해야 한다고 생각하기 때문에 기록을 해두고자 한다.

우선 우리가 알고 있는 역사는 '절반의 진실'에 불과하다는 것이다. 작가 김진명 씨는 각고의 노력 끝에 실제로 명성황후는 훨씬 치욕적인 능욕을 당하며 죽어갔다는 비밀보고서를 찾아냈다. 당시 현장에 있었던 이시즈카 에조(石塚英藏, 당시 조선 정부 내부 고문관)라는 일본인이 미우라 공사 몰래 다른 채널로 일본 본국에 보고한 문서가 동경의 국립국회도서관 헌정자료실에 있었던 것이다.

이 보고서에는 믿기지 않는 내용이 담겨있다.

특히 무리들은 안으로 깊숙이 들어가 왕비를 끌어내고 두세 군데 칼로 상처를 입혔다. 나아가 왕비를 발가벗긴 후 국부검사(웃을 일이다. 또한 노할 일이다)를 하였다. 그리고는 마지막으로 기름을 부어 소실시키는 등 차마 이를 글로 옮기기조차 어렵다.

김진명 씨는 보고서 내용을 자세히 읽어보고 관련된 자료를 통해 모든 한국인들이 알고 있는 것과 다른 내용을 찾아냈다고 말한다.

"명성황후는 시해 직전 즉, 살아있는 동안 능욕당하고 불태워지면서 죽었을 가능성이 농후하다는 것을 알 수 있다. 즉, 명성황후는 시간屍姦을 당한 것이 아니라 강간強姦을 당한 것이다."

에조 보고서의 내용을 요약해 놓은 자료는 이렇게 전한다.

당시 일본 낭인들이 궁궐로 침입하자, 황후는 궁녀처럼 분장을 한다. 침입자들은 애를 낳은 여자임을 확인하기 위해 궁녀들의 옷을 모두 벗겨 가슴을 칼로 도려내고 그렇게 해서 황후가 누군지 가려낸다. 찾아낸 후, 배와 옆구리를 세 번 칼로 찌른다. 그 후 국모를 뒤뜰로 끌고가 돌아가면서 20명이 강간을 한다. 살아있을 때도 하고 6명째에 죽었는데도 계속하였다. 그걸 뜯어 말리는 충신들의 사지를 다 잘라버렸다. 그렇게 한 후 너덜너덜해진 국모의 시체를 얼굴부터 발끝까지 차례대로 한명씩 칼로 쑤셨다. 그다음 시체에 기름을 붓고 활활 태웠고, 타다만 덩어리를 연못 속에 던져버렸다.

일본 사학자가 이 문서를 발견하고 수치스러워서 공개를 하지 않았다고 한다.

명성황후를 찔렀던 칼 중의 하나가 후쿠오카에 있는 쿠시다 신사라는 곳에 보관되어 있다. 나무로 만든 칼집에는 당시 자객이 국모 시해 후 성공을 기념하기 위해 '늙은 여우를 단칼에 찔렀다'라고 새겨 놓았다고 한다.

배롱나무 꽃필 적엔 병산에 가라

이런 내용을 쓰고 있는 이 순간도 치가 떨린다. 우리 국민들은 국모가 어찌 죽어갔는지 알아야 한다. 이 치욕을 잊어서는 안 된다. 용서할 수 없는 만행을 그대로 두면 훗날 우리는 더 큰 치욕을 당할 수 있다. 나는 경복궁에 갈 때는 늘 건청궁 옥호루부터 답사를 시작한다. 광화문부터 올라가다간 다 못 볼 수 있어서 그러기도 하지만, 역사의 수치를 잊지 않기 위해서 그렇게 한다. 역사를 잊은 민족에게 미래는 없기 때문이다.

서오릉
권력과 여인의 못된 정치가 있는 곳

서오릉엔 못된 정치가 있다

죽임을 당하지 않으려면 죽여야 하는 전쟁

영상도 능참봉도

유행가 따라 부른 아이의 애비도

죽음으로부터 자유롭지 못한 시대

생각이 다르다는 것

우리 편이 아니라는 것

걸림돌이 되는 모든 것은 존재해서는 안 되는 시대

울타리 속으로 무리지어 도피해도 부지하기 어려운 목숨

여인들의 치맛바람은 편가름의 틈새를 여지없이 비집고 든다

서쪽의 아침엔 동쪽의 밤이 온다

환국換局의 반복

자식의 하초를 붙잡고 앙탈부리는 여인

자신의 목숨을 위해 뒤주 속에서 자식을 죽인 여인

이들에게 어미라는 말은 사치다

배롱나무 꽃필 적엔 병산에 가라

아직도 서오릉엔 역린逆鱗의 비린내가 역겹다

고운 맘씨의 한 여인은

겨우 죽음으로 서방님 옆을 차지하고 누웠다

품성 바른 또 한 여인은 채워지질 않는 옆자리를 지키고 있다

서어나무 숲길에 바람이 분다

죽어서도 멈추지 않는

여인들의 찬바람이…

나는 가끔 시간이 날 때면 왕릉을 찾아간다. 왕릉에 가면 묘지인데도 마음이 편하고 좋다. 호젓한 분위기 탓일 것이다. 동구릉, 서오릉, 광릉, 서삼릉…. 우리나라에는 조선왕조 518년, 27대 왕과 비의 능 42기(남 40기, 북 2기)가 고스란히 남아 있다. 그중 남쪽 40기가 2009년 유네스코 세계문화유산으로 등재되었다.

서오릉은 구리시에 있는 동구릉 다음으로 큰 조선시대 왕족들의 무덤이 모여 있는 곳이다. 이름처럼 다섯 개의 릉(경릉, 창릉, 익릉, 명릉, 홍릉)뿐 아니라 두 개의 원(순창원, 수경원), 그리고 숙종의 후궁이자 조선 제20대 왕 경종의 생모인 희빈 장씨의 묘(대빈묘)가 있다.

서오릉은 세조의 아들 부부와 숙종과 그의 여인들이 잠들어 있는 곳이다. 이곳에는 다른 어느 왕릉에서 볼 수 없는 피비린내 나는 권력투쟁의

서오릉은 세조의 아들 부부와 숙종과
그의 여인들이 잠들어 있는 곳이다.
장희빈의 대빈묘도 이곳에 있다.

역사가 남아있다. 여인들이 낀 당쟁의 역사를 음미해보면 대단히 재미있고 느끼는 바가 많다.

조선조에 있어서 숙종과 영·정조는 태평시대였다. 임진왜란과 병자호란이 끝나고 모처럼 120년간 전쟁이 없는 시기였다. 조선왕조 518년 중 숙종과 그 아들이 재위한 기간은 조선 역사의 약 5분의 1에 해당한다. 숙종(46년), 경종(4년), 영조(52년)의 재위기간을 합치면 102년에 달한다.

하지만 이 시기는 외적과의 전쟁이 없던 반면, 국내의 정파간 당쟁이 극에 달했던 때이다. 숙종 때는 선대(현종)에 발생했던 남인과 서인간에 예송논쟁禮訟論爭*의 휴유증이 가시지 않은 상태였다. 경신년(1680년), 기사년(1689년), 갑술년(1694년) 세 차례에 걸쳐 정치국면이 바뀌었다. 권력을 둘러싸고 서인, 남인, 서인 순으로 국면을 장악하게 된다. 환국이 있을 때

---

*예송논쟁 _ 현종 때 인조의 계비인 조대비(趙大妃)의 상례(喪禮) 문제를 둘러싸고 남인과 서인이 두 차례에 걸쳐 대립한 사건.
1차 예송은 1659년(효종 10) 효종이 죽자 효종의 어머니 조대비의 복상을 서인의 뜻에 따라 기년(朞年, 만 1년)으로 정했는데, 이에 대해 남인 허목(許穆)·윤휴(尹鑴) 등이 이의를 제기하면서 일어났다. 이들이 효종은 왕위를 계승했기 때문에 장자(長子)나 다름없으므로 3년(만 2년)으로 해야 한다는 논리를 폈던 데 비해, 송시열 등 서인은 효종은 인조의 둘째왕자이므로 장자의 예로 할 수 없다고 반박했고, 결국 서인의 주장이 받아들여졌다.
2차 예송은 74년(현종 15) 효종의 비가 죽자 다시 조대비의 복상을 몇 년으로 할 것인가를 둘러싸고 일어났다. 당시 집권층인 남인은 기년으로 정했는데 이에 대해 서인은 대공(大功, 8개월)설을 주장했으나 남인의 주장이 받아들여졌다. 이러한 논쟁은 단순히 복상 문제를 둘러싼 당파의 대립이 아니라 왕권을 어떻게 위치 지을 것인가에 대한 정치적 입장의 근본적인 차이에서 비롯되었다. 즉, 효종이 둘째 아들이라서 장자의 예를 따를 수 없다는 서인의 견해는 왕권도 일반 사대부와 동등하게 취급하려는 의도가 반영된 것으로 신권(臣權)의 강화를 꾀하려는 입장이었다. 반면 비록 둘째아들이지만 왕은 장자의 예를 따라야 한다는 남인의 견해는 왕권을 일반 사대부의 예와 달리 취급하려는 의도가 반영된 것으로, 왕권 강화를 통해 신권의 약화를 꾀하려는 입장이었다. (〈한국고중세사사전〉 인용)

　　　　　　　　　　　　　　　　　배롱나무 꽃필 적엔 병산에 가라

마다 수많은 사람들의 목숨이 죽어나갔다. 당대의 카리스마 송시열도 기사년 환국을 넘지 못했다. 그때마다 여인들이 등장한다. 우리가 아는 인현왕후, 장희빈, 숙빈 최씨….

숙종은 9명의 부인을 두었다. 숙종은 죽어서도 여인들을 가까이 거느리고 있다. 살아생전 죽음을 불사했던 여인들이다. 착한 인현왕후는 34세에 죽었고, 자기 옆에 신랑 숙종을 두고 있다. 숙종은 장희빈에게 억울하게 당한 착한 부인을 죽어서라도 총애하고 싶었을 것이다. 갑술년 경종의 어미인 장희빈은 강등되어 사약을 받고 죽는다. 42세였다. 인현왕후와 같은 해 세상을 떴다. 대빈묘 뒤쪽에는 남근석 처럼 생긴 바위 사위로 두 그루의 나무가 뚫고 나와 자라고 있다. 호사가들은 장희빈의 기가 세서 그런 것이라고 얘기하기도 한다. 우연일까.

숙종의 부인 중 영조의 어머니인 숙빈 최씨는 서오릉 가까이 소령원에 묻혀 있다. 소령원은 무수리 출신으로 후궁이 된 숙빈 최씨의 묘이다. 조선조에서 무수리가 후궁이 된 것은 숙빈 최씨가 유일하다. 여섯 살 때 궁에 들어와 무수리로 지내다가 스물세 살에 로또를 맞은 케이스다. 거기다 아들까지 낳았는데, 그가 바로 21대 임금 영조다. 영조는 무수리 출신 생모에 대한 열등감이 대단했다. 어머니 묘를 왕비릉으로 만들기 위해 애를 썼지만 원으로 승격하는데 만족해야 했다.

또 서오릉엔 정조의 할머니이며 사도세자의 어머니인 영빈 이씨가 잠들어 있는 수경원이 있다. 영조와의 사이에 1남 6녀를 둘 만큼 총애를 받았던 여인이었지만, 유일한 아들 사도세자가 뒤주 속에서 죽어갈 때도 정

영조의 원비인 정성왕후가 잠든 홍릉은 오른쪽 옆구리가 시리다.
65세에 신랑 영조보다 일찍 죽은 까닭에 명당자리에 묻혔으나
신랑과 같이 묻히지는 못했다.

배롱나무 꽃필 적엔 병산에 가라

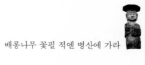

신병자로 몰아 천륜을 헌신짝처럼 버린 어미이다. 세손을 살리기 위해 아들의 단죄를 간하는 장면은 사극드라마에서 보았을 것이다. 그녀의 혼백은 죽어서도 편치 못했다. 묘는 연세대 채플 자리에 있다가 서오릉으로 옮겨지고, 사당은 여러 차례 옮겨 다니다가 결국 궁정동에 있는 칠궁에 이르게 된다.

영조의 원비인 정성왕후가 잠든 홍릉은 오른쪽 옆구리가 시리다. 65세에 신랑 영조보다 일찍 죽은 까닭에 명당자리에 묻혔으나 신랑과 같이 묻히지는 못했다. 신랑 자리까지 비워 놓았는데 그게 맘대로 되지 않았다. 정조는 아비를 죽인 할아버지 영조가 얼마나 미웠으면 영조 생전에 정해 둔 묘자리 대신 엉뚱한 곳에 갖다 묻는다. 정성왕후와 멀리 떨어진 동구릉에 묘를 쓴 것이다.

서오릉엔 서어나무 숲길이 고즈넉하고 아름답다. 사색하며 걷노라면 그 옛날 피비린내 나는 권력의 칼싸움과, 사랑과 미움으로 지새웠던 여인들의 한숨소리가 모두 허망하게만 느껴진다. 권불십년 화무십일홍權不十年 花無十日紅이라 했던가. 세월을 잊은 듯 서오릉의 숲길에는 오늘도 무심하게 바람만 살랑인다. 평안을 얻고 싶을 땐 왕릉에 가라고 권하고 싶다.

청령포
어린 단종이 피눈물 흘린 단절의 땅

용상!

버리려는 두려움

가지려는 탐욕

두 계산이 평행선을 긋고

결국 소년은 청령포에서 홀로 새벽을 맞네

동강이 휘돌아 나가고

깎아지른 절벽으로 둘러싸인

단절의 땅

청계천 영도다리에서 어린 신부를

마지막으로 본 후 이레가 지났구나

굽은 관음송에 걸터앉아 하염없이 눈물 흘리고

두고 온 신부 그리워 돌탑 쌓아보네

배롱나무 꽃필 적엔 병산에 가라

"두견새 그치고 조각달은 밝은데
피눈물 흘러서 봄꽃은 붉구나"

세종의 손자는 한(恨)을 남겼다
그리고 힘없이 목졸려 죽었다

칼이 없는 권력은 허망한 것을…

권력과 재물은 부자지간이라 해도 나누려면 다툼이 생기는 게 세상의 이치다. 왕조시대의 권력은 사생결단으로 끝이 나는 경우가 비일비재했다. 하물며 12살 코흘리개가 왕이 되는 순간 그때부터 불행의 씨앗은 무럭무럭 자라고 있었다.

조선왕조 창업의 일등공신 태종 이방원은 왕권에 도전하는 세력이나 장애물은 지위고하를 막론하고 심지어는 혈족까지도 모두 제거했다. 그렇게 해서 열린 게 세종의 태평성대였다.

그러나 무력으로 장악한 권력은 오래가지 못했다. 3대를 못가서 태종이 했던 방법대로 권력은 어린 조카에서 숙부의 손으로 넘어갔다. 조선왕조에서는 군데군데 참 기가 막힌 대목이 많이 있다. 어린 단종의 죽음은 비극적인 장면 중 하나이다.

청령포! 동강이 휘돌아 나가고 깍아지른 절벽으로 둘러싸인 단절의 땅

청령포 금표비.

내 고향은 전남 강진인데 윗대 할아버지가 단종과 관계있는 분이셨다. 단종의 스승이었던 21대조 할아버지가 제주목사를 마치고 돌아오는 길이었는데 강진 땅에서 수양대군이 왕위를 찬탈했다는 얘기를 듣게 된다. 고향인 김해로 돌아가는 걸 포기하고 강진 땅에 눌러 앉아서 후학을 양성하며 평생을 보내게 되었다 한다. 그분의 후대 장손인 나는 왕위찬탈의 역사를 보는 시각이 남다를 수밖에 없다.

비정상을 거부하는 일이 단지 옛 선비만의 몫은 아니다. 오늘날도 주위에서 수많은 비정상적인 일들을 본다. 그리고 그 가운데는 비정상을 거부

배롱나무 꽃필 적엔 병산에 가라

하는 이들이 있다. 그리고 그들이 있어 우리 사회는 한 단계 발전한다. 역사의 발전은 결국 정상으로 가는 과정이라고 나는 생각한다.

영월의 청령포에 들렀던 어느 여름, 단종이 걸터앉았던 관음송과 돌탑을 쌓아놓은 망향탑을 보면서 두려움과 슬픔에 잠겼을 어린 왕을 생각해봤다. 의지할 사람이라곤 딱 한 사람, 어린 신부 밖에 없었다. 하지만 아내인 정순왕후 송씨도 청계천에서 헤어진 이후 두 번 다시 볼 수 없었다.

나는 단종의 죽음을 운명이라고 생각한다. 역사를 보면 권력이나 좋은 자리는 감당할 수 있는 사람이 가져갔다. 수양대군이 가져가야 된다는 뜻은 아니다. 문종에서 단종으로 이어지는 적장자 승계원칙이 비극의 단초였다는 걸 지적하고자 한다. 문종이 아들을 살리고 싶었으면 동생인 수양대군에게 선위하고 어린 아들의 훗날을 보장받는 것이 현명했을 것이다.

역사에 복기復棋는 없다.

오늘날도 돌이켜 생각해보면 후회되는 일들이 셀 수 없이 많다. 경직된 제도가 원인인 경우가 상당수이다. 오늘날 재벌들의 승계도 왕조시대의 그것과 별반 다르지 않다. 돈과 권력에 대한 인간의 욕심은 끊임없이 반복되고 있다. 현대판 왕자의 난이 일어나는 건 우연이 아니다.

청령포 소년과 같은 비극이 일어나지 않도록 하는 건 사람들의 욕심을 누르는 것만으로는 해결될 수 없다. 권력을 나누어서 그 가치가 적어지게 하는 것이 답이 아닐까.

광성보
봉건의 고집과 자폐가 불러온 죽음들

그날!

안해루에는 장군의 고성이 다급했고
광성돈대 홍이포는 화약 냄새가 진동했다
염하의 소용돌이는 손돌 사공의 말처럼 사나웠다
용두돈대로 가는 숲길은 싱그러웠지만 발소리만 분주했다

광성포대를 뚫고 올라온
신미辛未의 양이洋夷는 양양했다
조선의 창칼은 왜소했지만
강국의 총포를 결사항쟁으로 막았다
장군의 수기帥旗는 빳빳했고
기개는 찢기지 않았다
마침내 백의白衣의 장졸은 선혈을 섞고
총포의 향으로 주검의 냄새를 덮었다

오늘!

광성보 앞바다는 그때처럼 거칠고
그들이 죽어간 이유는 변함없지만
건성건성한 신미순의총 봉우리 몇 개로
덮혀지지 않는 망자의 울부짖음을 듣는다

봉건의 고집과 자폐가
그들을 죽였다는 걸 안다
우리는…

최근 친구들도 하나둘씩 은퇴하면서 삼삼오오 모여서 산에 다니는 경우를 자주 보게 된다. 등산은 우선 경비가 적게 들고 아무 때나 시간되는 사람들끼리 모이기 좋은 장점이 있다. 반면에 높은 산은 올라가기가 힘들어서 다소 몸이 불편한 사람들은 함께하기 어려운 점이 있다.

그래서 나는 얼마 전 동창들 모임에 가서 새로운 제안을 했다. 문화재 답사를 하며 트래킹도 하고 역사와 문화, 음식을 고루 즐겨보자는 제안을 한 것이다. 많은 친구들이 뜻을 함께하여 모임이 만들어졌다. 그렇게 해서 친구들과 함께 문화재 답사를 시작하게 되었다. 비록 모임을 준비하는 나와 총무에게는 사전 준비와 연락 등의 번거로운 점은 있었지만 횟수가 거듭

될수록 인원도 늘어나고 호응도가 높아지니 보람 있게 느껴지곤 한다.

서울에서 당일로 다녀올 수 있는 곳 중 가장 괜찮은 유적지 가운데 하나가 강화도가 아닐까 싶다. 강화도는 지붕 없는 박물관이라고 할 정도로 역사문화 유적이 많은 곳이다. 선사시대로부터 근현대에 이르기까지 한민족의 고난사를 한꺼번에 반추해 볼 수 있는 곳이다.

강화도는 선사시대에 많은 원시인들이 집단적으로 거주했던 곳으로 부근리 고인돌을 비롯한 많은 고인돌 군락지가 있다. 알다시피 고인돌무덤은 그 수량과 특유의 무덤 구조, 형태의 다양성으로 인해 선사시대 인류의 생활상을 이해하는 데 매우 중요한 문화유산이다. 이러한 점 때문에 우리나라 고인돌무덤은 세계문화유산으로 등록될 수 있었다.

상고시대 단군이 쌓았다고 알려진 마니산 정상의 참성단은 하늘에 제사를 올리던 곳이다. 지금도 해마다 개천절이면 이곳에서 단군의 제사를 지내며, 한편 전국체육대회 때마다 대회장에 타오르는 성화는 이 참성단에서 7선녀에 의해 채화되어 대회장으로 운반 점화되고 있다.

고려 때는 40년 이상 수도 개경을 대신하여 몽골항쟁을 했던 아픈 기억의 장소이기도 하다. 고려궁지, 강화산성, 중성, 외성 등 유적이 남아 있다.

근세에 이르러 강화도는 한양의 관문으로써 수도를 방어하는 요충지 역할을 했다. 이미 몽골항쟁 때 해양방어시설이 축조되었고, 조선조 숙종 때 이르러 5진(월곶, 제물, 용진, 덕진, 초지), 7보(광성, 선두, 장곶, 정포, 인화, 철곶, 승천), 53개 돈대(갑곶, 용두, 손돌목 등)가 설치되었다.* 한양으로 향하는 물길

배롱나무 꽃필 적엔 병산에 가라

은 강화도와 김포 사이의 해협을 통해 마포나루로 가는 것이 가장 빠른 길이었다.

강화해협의 초입에 있는 것이 초지진이고 다음에 덕진진, 광성보 순으로 방어시설이 구축되어 있다. 나는 여러 진과 보 중에서도 가장 규모도 크고 볼거리가 많은 광성보를 자주 찾는다. 광성보는 강화해협에서 가장 물살이 빠른 손돌목이 있는 곳에 위치해 있다. 이곳 물살은 해남의 울돌목 다음으로 빠르다고 한다. 바다쪽으로 용이 머리를 내밀 듯 나와 있는 용두돈대에서 바라보는 경치가 일품이다. 광성보에서는 안해루, 광성돈대, 손돌목돈대 등을 볼 수 있다.

광성보는 1871년(고종8년) 신미양요 때 미국함대와 치열한 격전이 있었던 곳이다. 초지진으로 미 해병대 450명이 상륙하여 초지진, 덕진진을 거쳐 이곳 광성보에서 마지막 전투를 하게 되는데, 이때 이곳의 장군이었던 어재연(1823~1871)과 수하의 장병들은 형편없는 재래식 무기로 결사항전하다 전원이 순국했다. 이들의 묘와 기념비가 애처롭다. 무명용사의 신미순의총과 장군의 쌍충비가 초라해 보이는 건 무엇 때문일까. 장렬하게 죽은 그들의 넋이 안쓰럽다.

지난 2007년 미국의 해군사관학교 박물관에 전시되어 있던 어재연 장

---

*진과 보는 군사상 중요한 지역인 해안변방에 설치하여 외적의 침입을 방어하던 군사주둔지역이다. 돈대는 조금 높직한 평지에 초소가 있던 곳을 말한다. 진과 보는 상하관계는 아니었던 것으로 보이며, 진에 주둔한 병사가 보의 병사보다 규모가 크고 많았다고 한다. 돈대는 진과 보 사이에 설치되어 강화해협을 통과하는 외적을 감시하는 초소 역할을 했다.

용두돈대 가는 길.

군의 수帥기가 136년 만에 고국으로 돌아왔다. 장수를 상징하는 '수'자 기는 가로 세로가 각각 5미터에 이를 만큼 크고 사료적 가치가 큰 문화재로서 지금은 강화도박물관에 전시되어 있다.

　당시 서구 열강들은 식민지 개척과 통상교역을 통한 국가이익에 집중하고 있었지만 우리 조정은 문을 굳게 닫고 오직 쇄국정책으로 정권 유지에만 혈안이 되어 있었다. 당시 대원군은 위정척사衛正斥邪를 내세우며 청나라와의 사대관계 이외에는 대외관계를 완전히 차단한 상태였다. 당시 아시아 병자病者 청나라를 명분과 의리로 섬길 만큼 국제정세에 어두웠던 조선. 대원군은 청나라에서 벌어진 아편전쟁과 태평천국의 난 등이

배롱나무 꽃필 적엔 병산에 가라

모두 문호를 개방해서 생긴 일이라고 보았다.

한편 일본은 1853년 흑선의 내항 이후 1868년 메이지유신을 통해 근대 산업국가로 탈바꿈하고 있는 중이었다. 결과적으로 일본은 동양에서 가장 먼저 근대화되어 서구 열강의 제국주의 놀음에 참여할 수 있었던 것이다.

하지만 우리나라는 사정이 달랐다. 대원군은 "서양 오랑캐의 침입에 맞서서 싸우지 않는 것은 화평하자는 것이며, 싸우지 않고 화평을 주장하는 자는 매국노이다"라고 새긴 척화비斥和碑를 전국 방방곡곡에 세웠다. 당시 민중들의 삶은 고달팠고 세상을 뒤엎고 싶어하는 분위기였다. 봉건 지배계급은 위기의식을 느꼈다. 중국에서처럼 봉기가 일어날까봐 전전 긍긍했다. 민중봉기를 막기 위해서는 위기감을 조성하고 철권통치로 딴 생각을 못하게 하는 것이 상책이라고 생각했을 것이다. 오늘날 북한처럼.

결국 우리나라의 쇄국정책은 당시 국제정세에 어두운 지배층의 잘못된 상황인식과 더불어 기득권을 지키려는 욕심에서 비롯된 잘못된 선택이었다고 할 수밖에 없다. 순국으로 포장된 장졸들만 억울한 죽음을 당했다. 광성보에 가면 손돌목에서 그들의 울음소리를 듣는다.

'무엇 때문에 우리가 죽어야 했냐고….'

남한산성 성벽 위에 올라
환향녀의 통곡에 탄천도 흐름을 멈추는 곳

그때 임금은 남한산성에 있었다

375년 전 오늘, 치욕의 역사는 시작되었다
47일간의 공포와 추위와 배고픔…
용골대의 고함소리가 가슴을 쿵쾅 거릴 때
민초民草들은 밴댕이젓 한 숟갈을 갈라먹기 위해 다퉜다
얼고 굶주린 노병老兵은 간장 다린 물로 생명을 연장했다

죽음과 치욕의 논쟁은 성城 안을 공허하게 맴돌았다
죽음은 견딜 수 없고 치욕은 견딜 수 있다 했다
그러므로 치욕은 죽음보다 가볍다 했다
죽어서 살 것인가, 살아서 죽을 것인가
정답 없는 입씨름은 '삼전도의 굴욕'으로 끝이 났다

몽골 40년, 임란 7년의 저항은 역사일 뿐이었다
두 달도 안 되어

배롱나무 꽃필 적엔 병산에 가라

삼궤구고두三跪九叩頭*의 씻을 수 없는 치욕을 남겼다
심양 땅에서 60만 명의 전리품이 노리개로 팔렸다
이후 250년 이상, 영혼이 없는 민족으로 살아야 했다

인조반정의 끝이 그것이었던가
수어장대에서 내려다 본 송파나루터는 온데 간데 없다
환향녀還鄕女의 피눈물을 머금은 탄천도 통곡을 멈췄다
…
…

아! 남한산성

2010년 음력 12월 14일 임금이 산성에 들어오던 그때 그날

정초正初에 모처럼 남한산성에 올랐다.

음력 12월 14일은 1636년 병자호란 당시 인조가 청군淸軍이 한양까지 쳐들어오자 소현세자와 함께 남한산성으로 피난 온 날이다.

남한산성은 담장의 높이는 낮지만 지세가 험해서 공략이 쉽지 않은 산성이다. 산성을 지키기 위해 해발 490미터의 산세를 그대로 이용하던 성

*세 번 무릎 꿇고 아홉 번 머리를 땅에 찧으며 절하는 것.

이기 때문이다. 백제 온조왕 13년에 처음 쌓았고, 이후 통일신라, 조선 선조, 광해군 때 등 여러 차례 개축했다.

돌로 쌓은 성의 둘레는 약 8킬로미터, 면적은 53만 평방미터(16만평) 정도이다. 동서남북에 각 네 개의 문과 문루, 장대가 있었다. 성 안에 수어청을 두고 관아와 창고, 227칸 규모의 행궁이 있었다. 80개의 우물, 45개의 샘이 있었다고 전한다.

예전에는 송파나루까지 배로 와서 들어왔지만, 지금은 그 나루터가 없어지고 아파트만 무성하다. 성벽에서 내려다보면 잠실벌과 탄천, 송파 일대, 멀리 관악산과 남산을 조망할 수 있다. 이곳이 전략적 요충지였음을 실감할 수 있다.

반정反正으로 등극한 인조는 실리보다 명나라에 대한 명분과 의리를 더 중시한 인물로 조선왕조를 통틀어 가장 무능하고 용렬한 왕으로 꼽을 만하다. 재위시 정묘년, 병자년 두 차례 호란을 겪으면서 백성들을 더욱 피폐하게 만든 장본인이기도 하다. 왕권을 지키기 위해서 자식인 소현세자와 두 손자, 며느리, 사돈 집안까지 죽인 인물로 정신 상태가 의심스러울 정도다.

작가 김훈은 소설 〈남한산성〉에서 호란 당시의 치욕적인 모습을 감정이 절제된 간결한 문체로 묘사하여 독자들의 마음을 사로잡는다. 가슴을 짓누르는 대목으로 송파나루에서 김상헌(1570~1652년)과 사공이 나눈 대화 내용이다.

배롱나무 꽃필 적엔 병산에 가라

"청병이 곧 들이닥치는데, 너는 왜 강가에 있느냐?"

"갈 곳이 없고, 갈 수도 없기로…."

"여기서 부지할 수 있겠느냐?"

"얼음낚시를 오래해서 얼음길을 잘 아는지라…."

"물고기를 잡아서 겨울을 나려느냐?"

"청병이 오면 얼음 위로 길을 잡아 강을 건네주고 곡식이라도 얻어 볼까 해서…."

강을 건넌 뒤 김상헌은 사공의 목을 베고 만다.

우리 일행이 남한산성을 찾았던 날은 매우 추웠지만 청명했다. 하지만 임금이 난을 피해 들어오던 그때의 오늘은 더 추웠고 가루 같은 눈발이 휘몰아쳤다고 전해진다. 병사들이 노숙하며 추위 속에서 얼어 터진 발을 동여매고 배고픔 속에서 죽어갔다.

남한산성으로의 발길은 항상 무겁다. 가슴이 답답하기까지 하다. 민족의 치욕과 굴욕의 역사가 숨 쉬고 있기 때문이다.

우리 말 중에 '화냥년'이라는 말이 있다. 행실이 곱지 못하거나 불륜을 저지른 여인을 칭하는 말인데, 이 말은 병자호란 직후 청나라로 끌려갔다 정조를 잃고 돌아온 여인을 '환향녀還鄕女'라고 부른 데서 연유한다. 그녀들은 청나라에서 돌아와 곧바로 귀향하지 못하고 청나라 사신들이 묵어가던 서대문 밖 거처에서 머물렀다. 그러자 조정에서는 환향녀들로 하여

이제는 시민들의 산책로로, 등산 코스로 오르내리는 남한산성.
즐겁게 술 마시고 밥 먹고 놀다 간다. 아무 일도 없었다는 듯이….

배롱나무 꽃필 적엔 병산에 가라

금 냇물에 몸을 씻게 하고 그들의 정절을 회복시켜주었다. 그 냇물이 바로 '널리 구제하였다'는 뜻의 홍제弘濟천이다. 하지만 고향에 돌아온 그녀들은 마을사람, 심지어 친인척에게서조차 온갖 수모와 냉대를 받아야만 했다.

그들에게 무슨 죄가 있단 말인가? 그들을 지켜주지 못한 나라님을 원망해야 하는 게 맞는 일 아닌가. 내 딸이 그렇게 만신창이가 되어 돌아왔다면 나도 그들처럼 딸을 호적에서 파내거나 내쫓았을까 자문해 본다.

역사는 지금의 잣대로 그때를 재단하지 말라 했다. 환향녀들의 아픔을 어루만져 주지 못한 당시 사람들이 밉지만 그것은 우리가 다 같이 안고 가야야 할 역사적 아픔일 뿐이다.

이제는 시민들의 산책로로, 등산 코스로 오르내리는 남한산성. 즐겁게 술 마시고 밥 먹고 놀다 간다. 아무 일도 없었다는 듯이….

남한산성에 오면 답답하지만 한번쯤은 치욕적인 그때를 생각해 봐야 한다. 다시는 이 땅에서 그런 일이 일어나지 않도록 다 같이 뭘 해야 하고, 뭘 하지 말아야 하는지.

우리가 역사를 배우는 까닭이 여기에 있다.

마의태자의 환생
하얀 미소로 천년을 기다렸다

즈믄 년
서라벌의 구름은 무거웠다

생生과 멸滅

선택의 기로에서
욕망은 천명天命을 헌신짝처럼 버렸다
혈육은 버릴 수 있었고
천년사직千年社稷은 끊을 수 없었다

삼베옷에 삿갓으로 수치羞恥를 가렸다
섬섬옥수 공주 손잡고 하늘재 넘을 적
청풍淸風의 바람은 시원했다
마지막 화랑은 그렇게 북상했다

배롱나무 꽃필 적엔 병산에 가라

미륵의 현몽이 있어
숨결이 머무는 곳에
북쪽 덕주골을 향해 깃발을 꽂았다

손발이 부르트고 초근목피草根木皮로 연명해도
자태는 너그러웠다
언젠가는 이루어질 꿈이 있기 때문에…

세월이 흘러
또 다른 즈믄 년이 되어서야 미륵은 환생했다

하얀 미소로…

전설에 의하면 신라 마지막 왕자인 마의태자와 누이 덕주공주 남매가 왕권회복을 도모코자 강원도 한계산성으로 가는 도중 현몽이 있어 미륵사와 덕주사를 세웠다고 한다. 서라벌을 떠난 마의태자 일행은 망국의 한을 안고 신라의 국권회복을 위해 병사를 양성코자 금강산으로 길을 가던 중 문경군 마성면에 이르게 되었다. 일행은 그 곳 계곡 깊은 곳에 야영을 하고 하룻밤을 자게 되었는데, 그날 밤 왕자는 관음보살을 만나는 신기한 꿈을 꾸었다.

중원 미륵대원지 미륵불상 앞 석등과 5층 석탑

꿈속에서 관음보살은 왕자에게 이렇게 말했다고 한다.

"이곳에서 서쪽으로 고개를 넘으면 서천에 이르는 큰 터가 있으니 그곳에 절을 짓고 석불을 세우고 그곳에서 북두칠성이 마주보이는 자리에 영봉을 골라 마애불을 이루면 억조창생에게 자비를 베풀 수 있으리니 포덕함을 잊지 말라."

현몽대로 하늘재 사이의 분지를 두고 남매는 서로 마주보는 사찰을 지었다. 꿈을 꾼 곳은 관음리요, 석불을 세운 곳은 지금의 미륵리이다.

신라는 천년을 이어온 세계역사상 보기 드문 왕조이다. 그러나 아무리 오랜 역사를 가진 왕조라 하더라도 영원할 수는 없다. 가장 오랜 역사를 가진 로마제국도 결국에는 힘없이 무너졌다. 끊임없이 혁신을 하지 않으면 살아남을 수 없다는 이치를 보여준 것이다. 월악산 산행을 하거나 하늘재 길로 트래킹을 한 후 중원 미륵대원지를 들러 석불의 하얀 얼굴을 보면서 쓰러져 간 신라를 생각해보는 것도 의미 있는 일이다.

미륵은 불가에서 미래에 오실 부처님을 이른다. 석가모니 부처님이 열반에 든 뒤 56억7,000만 년이 지나면 사바세계에 출현한다는 부처님이다. 그때가 되면 이 세상은 이상적인 국토로 변하여 땅은 유리와 같이 평평하고 깨끗하며 꽃과 향이 뒤덮여 있다고 한다.

마의태자는 먼 미래에 천년사직 신라가 부활하여 이 땅에서 다시 볼 수 있기를 간절히 바라는 마음으로 미륵석불을 세웠을 것이다. 석굴암처럼

미륵리 절터의 미륵불상은 천년이
되도록, 천년을 바라보며 말없이
서있다. 하얀 미소로….

덕주사의 마애불은 멀찌감치 미륵리의 석불을 마주하고 서있다.

배롱나무 꽃필 적엔 병산에 가라

석굴사원이던 것이 지금은 외부로 노출된 상태로 있는데, 석불의 얼굴 부분만 유난히 하얗게 빛난다. 하얀 미소를 던지는 것 같은 느낌을 받는다. 환생했다고나 할까.

중원 미륵대원지에 갈 때면 들르는 운치 있는 산속 카페가 있다. 미륵리에서 수안보로 가는 중간에 있는 '램프의 향기'라는 카페다. 이곳에 들러 새우볶음밥과 독특한 샌드위치에 향이 좋은 커피 한잔 하면서 분위기에 젖어보는 것도 좋을 것이다. 과일빙수도 맛있다. 알프스 소녀 같은 안주인과 김C 같은 분위기의 사장님 러브스토리를 들어보는 것도 재미있다. 엔틱한 골동품으로 예쁘게 장식된 카페라서 여성들의 감성을 자극하기에 안성맞춤인 곳이다.

이들 부부는 주인장과 손님으로 만나 이곳에서 살게 된 사람들로 러브스토리가 영화 같다. 예쁜 사랑을 하고 동화처럼 사는 걸 보면 부럽기도 하고 닮고 싶기도 하다. 용기 있는 사람만이 사랑을 차지한다 했다. 도전해 보시라.

수덕여관
신여성들의 못다 푼 여성해방구

가보지 않은 길을 걸어간 사람
주류主流에 반기를 든 사람
청춘을 불사른 사람
우리는 이들을 신여성新女性이라 부른다
공개이혼장
자유연애…
화성인이나 쓰는 용어를
절벽을 향해 계란 던지듯
질러버린 여인들
원시사회는 돌연변이에게 돌멩이를 던졌다
갈 곳 잃은 선각자들은
수덕여관에
똬리를 틀고 동면을 했다
봄이 되어
일엽은 견성암으로

배롱나무 꽃필 적엔 병산에 가라

혜석은 사바세계로 떠났다

그들이 떠난 여관엔

뭘 말하려는지

고암의 암각화만 뜻 모를 흔적을 남겼다

우리나라는 임진왜란, 병자호란 등 전쟁으로 인해 목조 건축물이 거의 소실되고 남아있는 게 별로 없다. 고려시대 만들어져서 아직 남아 있는 것이라곤 부석사 무량수전, 수덕사 대웅전, 봉정사 극락전 정도이다.

사실 수덕사는 많은 가람과 요사채를 가진 대형사찰이 되었지만, 수덕사 답사는 국보인 대웅전을 보러 가는 것이다. 오래된 맞배지붕의 목조건축물과 옆모습이 예뻐서 눈길을 끈다.

수덕사의 일주문을 지나다 보면 좌측에 놓치기 쉬운 여관 하나가 눈에 띈다. 수덕여관이다. 절 집에 웬 여관이야? 사람들 중에는 의아하게 생각하는 분들도 있을 것이다.

과거 우리나라 여관은 나그네들을 위한 식당 겸 숙박 시설이었다. 많은 여성들이 수덕사의 문을 두드리기 위해 머물렀던 사연 많은 곳이기도 하다. 수덕여관 스토리는 지금으로부터 100년 전으로 거슬러 올라간다. 당

시 신여성들의 러브스토리와 파란만장한 인생역정이 담겨 있어 상처받거나 감성이 풍부한 여성들에게는 더 없이 좋은 인생공부 장소가 되기도 한다.

1900년대 초 조선이 일제에 강압적으로 합방되었을 시절, 신여성들이 등장한다. 김일엽(1896~1971, 본명은 김원주, 여류문인·승려), 나혜석(1896~1948, 화가·작가), 윤심덕(1897~1926, 성악가·배우)은 당시 구한말 사회를 대표하는 여걸들로 남성중심사회에서 엄청난 파장을 일으킨 인물들이다.

신여성 3인방 중 나혜석과 김일엽은 동갑내기 친구사이로서 여성해방운동을 주장했던 사람들이다. 나혜석은 최초 여류 서양화가였고, 김일엽은 최초 여류 문인이었다. 이 여성들의 이야기를 작은 지면에 다 담을 수는 없지만 간략히 정리하면-.

나혜석은 "순결과 정조는 도덕도 법률도 아닌 취미"라고 정조취미론을 주장한다. 자신의 아내, 어머니, 누이, 딸에게는 순결함을 요구하면서 다른 사람의 아내, 어머니, 누이, 딸에게는 성욕을 품는 한국 남자들의 위선적인 행동에 대한 비판과 함께 자유연애론을 주장한다.

김일엽은 청춘을 불사른 여인이었다. 일엽 스님은 본래 목사의 딸이며, 기독교 계열의 이화학당에서 공부했으나 일본 유학 후 나혜석과 더불어 여성운동에 앞장섰다. 1920년 문예지 〈폐허〉의 동인으로 활동했고, 우리나라 최초의 여성지인 〈신여자〉를 간행하기도 했다. 몇 번의 사랑과 이별을 거친 뒤 38세가 되던 1933년 출가, 수덕사에 입산하여 만공 스님의 제자가 되었다. 불교 귀의 후 절필했으나 만년인 1962년에 〈청춘을 불사르

배롱나무 꽃필 적엔 병산에 가라

고)라는 수상록을 펴내 세간의 화제가 되기도 했다.

윤심덕은 '광막한 광야를 달리는 인생아'라는 가사로 시작되는 노래 〈사의 찬미〉의 주인공이다. 수려한 외모와 뛰어난 노래솜씨로 뭇 남성들의 흠모의 대상이었지만 삶의 고단함과 비극적 사랑의 아픔을 안고 현해탄에 연인과 함께 몸을 던진 비운의 여가수였다.

오늘날 이들만큼 시대를 앞서간 여성들이 얼마나 될까 생각해 본다. 이들은 당대에 험난한 고초를 겪었다. 이들에겐 수덕여관이 해방구였다. 이곳에서 그들은 새로운 세상을 꿈꿨다. 수덕사에 들릴 때면 수덕여관에 머물며 100년 전에 살다간 신여성들과 한 예술가의 스토리를 듣는다.

수덕여관은 1944년 이후 고암顧庵 이응로(1904~1989) 화백의 소유였던 곳이다. '서예적 추상'이라는 독창적인 세계를 창조한 화가로서 신여성들의 영향을 직간접적으로 받은 분이다. 나혜석의 조언으로 파리 유학을 했고, 1967년 '동백림 사건'*으로 옥고를 치르기도 한다. 이어서 백건우·윤정희 부부 납치 미수사건(1977년)에도 연루되는 등 시련을 겪으며 결국

---

*1967년 작곡가 윤이상, 이응로 화백 등 예술인과 대학교수, 공무원 등 194명이 옛 동독의 베를린인 동백림을 거점으로 대남적화공작을 벌였다며 처벌당한 사건을 말한다. 국가정보원 과거사 진실규명위원회가 동백림 사건을 조사한 결과, 박정희 정권이 사건을 확대 과장한 측면이 있다고 2006년 1월 밝혔다. 당시 중앙정보부는 1967년 6.8 총선의 부정 의혹에 대한 비판 분위기가 확대되자 이를 반전시키기 위해 혐의가 미미한 사람에 대해 혐의를 확대하는 등 동백림 사건을 확대 과장했다. 그러나 위원회는 동백림 사건은 중앙정보부가 사전에 기획하거나 조작한 사건은 아니며 당시 북한 측과 접촉했던 임석진 교수가 박정희 대통령을 면담해 대북 접촉사실을 고백하면서 수사에 착수한 것으로 판단했다. (시사상식사전, 박문각)

지금은 여관으로서의 기능을 잃은 수덕여관 한쪽에는
고암 이응로의 암각화가 놓여 있다.

배롱나무 꽃필 적엔 병산에 가라

작고할 때까지 국내활동을 못했고, 죽어서도 국내에 돌아오지 못하고 이국땅에 묻히는 기구한 예술가로서의 삶을 살았다.

수덕사 입구에는 토속음식점도 참으로 많다. 어느 곳을 들어가도 실망하지 않을 만큼 맛있는 집들이 즐비하다. 도토리묵에 막걸리 한 사발 들이켜고, 시골 된장국에 보리밥 비빔밥으로 허기를 채우고 나면 지척에서 울리는 수덕사 종소리가 세상사 시름을 잊게 한다.

특히 '그때그집'은 산채정식 전문으로 꽤 알려진 집이다. 주인이 해마다 팀을 짜서 심산유곡으로 쫓아다니며 1년치 나물을 하러 다니기 때문에 이 집의 창고에는 말린 나물이 언제나 가득 차 있고, 울안 곳곳에는 수분의 증발과 향이 날아가는 것을 방지하기 위해 이곳저곳 묻어둔 산더덕이 헤아릴 수 없이 많다고 한다. 수덕사를 찾는 탐방객들과 문화계 인사들이 교류하던 곳이다.

II

예술혼

세한도
추사의 고독과 절제가 담긴 갈필

달항아리
가장 한국적인 브랜드

감은사지 삼층석탑
웅혼한 상승감과 비례감

무위사 맞배지붕
군더더기 없는 단순미

훈민정음 해례본
국보 1호가 되어야 할 하늘의 선물

서산마애삼존불
그곳에 가면 가슴이 뛴다

이도다완
조선 도공은 신이 내린 손을 가졌다

부근리 고인돌
선사시대의 명품

버림받은 범종들
중원을 울리던 송 · 원 · 명대의 범종

세한도
추사의 고독과 절제가 담긴 갈필

은막銀幕의 뒤에 서 본 사람은 안다
잊혀짐의 두려움을

하물며
허파구멍으로 칼바람 드나드는 곳에서
씀바귀 나물로 허기를 달래야 하는 처지라면
더욱

날짐승도 찾지 않는
세한歲寒의 시절에 건조한 눈물만 맺히고

가진 자를 따르는
세속世俗의 법칙法則을 거부하고 싶었다
소나무와 잣나무를 빌려

배롱나무 꽃필 적엔 병산에 가라

헐벗은 송백松柏과 초라한 움막을

말라붙은 붓칠로

간신히

간신히

완당阮堂 노인은

그렇게

두려움을 절제했다

세한연후지송백지후조야 歲寒然後知松栢之後彫也

세한도에 등장하는 핵심 글귀다. 본래 〈논어論語〉 자한子罕편
에 나오는 말로 날씨가 추워진 뒤에야 소나무와 잣나무가 다른 나무보다
늦게 시들게 됨을 알게 된다는 뜻이다.

세한도는 가로 61cm, 세로 23cm의 종이 위에 그린 수묵화로 추사秋史
김정희(1786~1856년)가 보여준 문인화의 최고 정수라고 평가받는 국보 제
180호이다. 세한도는 그림의 끝에 자신의 발문과 청나라 때 열여섯 명사
들의 찬시가 적혀 있고, 이어 이 그림을 본 후대 사람들의 찬문이 함께 붙
어 긴 두루마리 형태로 되어 있다. 1844년 제주도 땅에 유배 중인 추사는

去年以晚學大雲二書寄來　今年又以
藕耕文偏寄來　此皆非世之常有　購之
千万里之遠　積有年而得之　非一時之
事也　且世之滔滔　惟權利之是趨為之
費心費力如此　而不以歸之權利　乃歸
之海外蕉萃枯槁之人　如世之趨權利
者　太史公云　以權利合者　權利盡而交
疏　君亦世之滔滔中一人其有起迣自
拔於滔滔權利之外　不以權利視我耶
太史公之言非耶　孔子曰　歲寒然後知
松柏之後凋　松柏是毋四時而不凋者
歲寒以前一松柏也　歲寒以後一松柏
也　聖人特稱之於歲寒之後　今君之於
我由前而無加焉　由後而無損焉　由
前之君無可稱　由後之君亦可見稱於
聖人也耶　聖人之特稱非徒為後凋之
貞操勁節而已　亦有所感發於歲寒之
時者也　烏乎　西京淳厚之世　以汲鄭之
賢　賓客與之盛衰　如下邳榜門迫切之

세한도 그림의 끝에 있는 추사 김정희의 발문.
이어서 청나라 열여섯 명사들의 찬시가 적혀 있다.

제주도의 적거지는 추사가 유배되어 말년을 보내던 곳으로
이곳에서 유배의 외로움을 달래기 위해 책을 읽고 글을 가르치며
그림을 그렸고 차를 즐겨 마셨다.

배롱나무 꽃필 적엔 병산에 가라

제자인 역관 이상적(李尙迪, 1804~1865년)이 변함없는 의리로써 두 번 유배지를 찾아와준 데 대한 고마움과, 연경에서 가져온 책들을 전달해준 것에 대한 답례로 이 그림을 그려준 것이다. 극도로 절제된 붓칠로 자신의 심경을 처절하게 나타낸 작품이다.

나는 기획재정부와 감사원 근무시절, 직원들과 논어 공부를 함께한 적이 있다. 좋은 글귀들이 풍부하게 담겨 있는 논어를 읽으면서 처음엔 아는 문장이나 글귀를 인용해서 어디에 써먹을까만 궁리했었다. 몇 회독을 하면서 점차 문리가 터지고, 글귀에 숨어 있는 깊은 뜻을 알게 되면서 자중하게 되었다. 논어는 말 그대로 실천궁행實踐躬行의 교육서지 얄팍한 지식을 뽐내기 위해 습득하는 한문책이 아닌 것이다.

나는 추사 유적지 중 충남 예산에 있는 추사고택이나 제주도 대정마을에 있는 추사 적거지適居地를 가끔 들른다. 추사고택은 추사가 어린 시절을 보낸 옛집으로, 널찍한 터에 자리 잡은 고풍스런 기와집들이 편안해 보인다. 제주도의 적거지는 추사가 유배되어 말년을 보내던 곳으로 이곳에서 유배의 외로움을 달래기 위해 책을 읽고 글을 가르치며 그림을 그렸고, 차를 즐겨 마셨다.

앞으로는 이러한 곳이 관광지로 더욱 각광받지 않을까 생각되는 곳이기도 하다. 특히 요즈음 제주도에 가면 중국인을 비롯한 많은 관광객들이 북적거려 마음이 부산스럽다. 이럴 때 추사 유배지와 같이 조용한 곳에서 세한도를 음미해 본다면 마음이 한결 여유로워짐을 느낄 수 있을 것이다.

달항아리
가장 한국적인 브랜드

달을 따다가
덩그라니
나만의 공간에 두고서
가만히 가만히 어루만질 때
오감의 전율
형용하기 어려워 말 잇지 못하네

달항아리 마주보노라면
시간은 하염없이 흐르고
그 속으로 빠져들어
내가 어디에 와 있는지
모를 지경이네

둥그렇게 이그러진
아무것도 첨가하지 않은

눈부신 하양도 아닌
촉촉함에 착 달라붙는
세상 품은 여인의 배처럼
웃는지 우는지 모르는
그런 모습으로 내게 다가왔네

뜨거운 눈물 하릴 없이 흐르고
마음은 우주 담은 공간 속으로
흩날려 간다
흩날려 간다

2015년 여름.

한국을 방문한 세계적 석학이자 문명비평가인 프랑스의 기 소르망(Guy Sorman) 전 파리대 정치학연구소 교수는 "백자 달항아리는 어떤 문명에서도 찾아볼 수 없었던 한국만의 미적·기술적 결정체"이며, "한국의 브랜드 이미지를 정하라고 한다면 난 달항아리를 심벌로 삼을 것"이라고 극찬을 한 바 있다.

그러면서 한국의 문화관광정책에 대해서도 따끔한 지적을 했다.

"한국은 조용한 아침의 나라라는 이미지와 다이내믹 코리아라는 상반된 이미지 사이에서 오락가락한다. 모나리자에 견줄 수 있는 달항아리의

배롱나무 꽃필 적엔 병산에 가라

미적 가치를 왜 활용하지 않는가"라고 직설적으로 꼬집었다.

이어서 "한국의 대기업은 '메이드 인 코리아' 대신 무명 전략을 택한다"며 "한국의 이미지가 상품 이미지를 좋게 만든다고 기업들이 생각하지 않기 때문이다. 세계화가 될수록 기업들은 자신의 뿌리를 더 확고하게 가져야 한다"고 덧붙였다.

"한 국가의 문화적 이미지는 경제와 산업 분야에 막대한 영향을 미친다"며 "이제 한국은 문화적 정당성을 인정하고 그 이미지를 만들어야 할 시기가 도래했다"고 강조했다.

나는 그의 견해에 전적으로 동감을 표한다. 그의 말대로 소비자는 프랑스의 루이뷔통 가방을 원가의 4배나 되는 돈을 주고 기꺼이 구입한다. 프랑스의 문화와 꿈을 사기 때문이다.

외국인이 달항아리의 예술성과 미적 가치를 높이 평가해 준 부분에 대해서는 고맙기도 하지만 정작 한국 사람들서는 부끄럽기도 한 일이다. 우리 것에 대한 가치를 너무 모르고 있었다는 창피함이 낯 뜨겁기 때문이다.

우리나라 사람들 중에는 지금도 젓갈이나 간장이나 담는 희멀겋고 덩치 큰 항아리를 국보라고 하면 선뜻 이해하지 못하는 사람들이 많을 것으로 생각된다.

사실 달항아리는 조선조를 대표하는 항아리이다. 조선시대 반가班家에서 아꼈다는 백자 달항아리는 큰 사발大鉢 둘을 붙여 만든다. 조선의 색을 한마디로 말하라 하면 바로 달항아리 색이다. 선비의 색이라 하기도 하고

국보 310호 백자 달항아리(남화진 소장, 국립고궁박물관 관리).

백성들의 옷 색깔을 떠올리기도 한다. 그런데 투박하고 큼지막한 항아리가 어찌하여 국보로 취급받고 있는 걸까. 복잡하게 얘기할 것 없이 안목있는 전문가들의 품평을 보면 답이 나온다.

20세기 영국의 대표적인 도예가 버나드 리치(1887~1979)는 조선 도자기에 심취했던 인물이다. 1935년 한국에서 달항아리를 구입해 가면서 그는 "나는 행복을 안고 갑니다" "현대 도예가 나아갈 길을 가르쳐준다"라며 좋아했다고 한다. 화가 김환기金煥基는 달항아리 모습을 화폭에 옮겼

배롱나무 꽃필 적엔 병산에 가라

다. 고유섭 선생은 '무기교의 기교'라 했고, 최순우 선생은 잘생긴 부잣집 맏며느리를 보는 것 같다고 했다.

　문화답사 붐을 일으킨 유홍준 교수가 기고한 내용은 달항아리를 이해하는 데 많은 도움을 준다. "일본인 중에도 우리 백자를 예찬한 분이 많은데 그 중 야나기 무네요시(柳宗悦, 1889~1961)는 한·중·일 동양 3국의 도자기를 비교하면서 조형의 3요소는 선, 색, 형태인데 중국은 형태미가 강하고, 일본은 색채가 밝고, 한국은 선이 아름답다"고 했다. "중국 도자기의 형태미는 완벽함을 강조하고, 일본 도자기의 색채미는 깔끔함을 보여주는데, 한국 도자기의 선은 부드러운 곡선미를 자랑한다"고도 했다.

　그래서 중국 도자기는 저 높이 선반에 올려놓고 보고 싶고, 일본 도자기는 옆에 놓고 사용하고 싶어지는데, 한국 도자기는 어루만져보고 싶어지게 한다는 것이다. 유 교수는 달항아리의 따뜻한 친숙함과 사랑스러운 정겨움이 조선 백자의 특질이라고 말한다.

　나는 집에 비싼 달항아리를 사다 놓고 감상할 형편이 못되어 짝퉁 항아리 하나를 거실에 두고 있다. 반짝거리는 표면과 생김새가 공장에서 찍어 나온 것처럼 경박해 보일 뿐만 아니라 운치라고는 없다. '꿩 대신 닭'이라고는 하지만 이건 아니다 싶을 때가 자주 있다.

　나는 빤질빤질하고 매끄런 항아리보다는 투박하고 촌스러운 거 같지만 언제 보아도 질리지 않는 백자 달항아리가 좋다. 조선의 문화가 녹아 있고 선비들의 기상이 담겨 있기 때문이다. 언젠가는 기품 있는 달항아리를 매일 볼 수 있기를 기대해 본다.

달
항
아
리

가
장
한
국
적
인
브
랜
드

감은사지 삼층석탑
웅혼한 상승감과 비례감

폐사지廢寺址의 아름다움
그걸 느낄 수 있는 사람과는 동행해도 좋다네

청명한 날 밤
조각달이 석탑에 걸린 모습을 보라
군더더기 없이 처연한…
그림과 사진은 뺄 걸 찾는 예술이라 했던가

감은사지 삼층석탑은 폐사지 중 으뜸이라네
위업을 달성한 군주의 호위병처럼
장대하면서도 기품 있다네
하늘을 찌르는 상승감
더할 것도 덜할 것도 없는 비례감
황혼녘의 웅혼한 자태

배롱나무 꽃필 적엔 병산에 가라

대왕은 죽어서도 눈을 감을 수 없었네
화룡化龍이 되어 만파식적萬波息笛을 남겼지
적을 물리치고, 병을 낫게 하고 단비를 내려주는 신비한 피리
신라인들의 현안을 해결해줄 신물神物이라네

궁금하지 않은가
지금의 난제를 풀어줄 만파식적은 어디에 있는지

나는 경주에 가면 거의 감은사지感恩寺址를 들른다. 관광객이 버글버글한 불국사나 석굴암보다는 한적한 폐사지 감은사가 좋기 때문이다.

경주에서 국도를 따라 동해바다쪽으로 가다보면 산중턱에 국보 제112호 감은사지 삼층석탑이 보인다. 세월의 연륜이 쌓였지만 기골이 장대한 모습이 사람을 기분 좋게 만든다.

삼국을 통일한 문무왕은 남겨진 숙제를 해결하고 싶었다. 왜구들 때문에 동해안쪽이 항상 편한 날이 없었는데 불심을 빌려서라도 귀찮은 존재들을 정리하고 싶었다. 그래서 절을 짓기 시작했지만 재위 중 완공을 못하고 죽었고, 아들인 신문왕이 완공시키고 부왕의 통일 위업을 기리는 뜻에서 '감은사'라 불렀다.

감은사지에는 금당 터와 강당 터가 고스란히 남아 있다.
감은사 터에는 두 개의 쌍둥이 탑이 위엄 있는 자세로 동해를 내려보고 있다.

감은사지에는 금당金堂* 터와 강당講堂 터가 고스란히 남아 있다. 감은사 터에는 두 개의 쌍둥이 탑이 위엄 있는 자세로 동해를 내려보고 있다. 경주 일대에서는 가장 커다란 석탑이다.

우리나라 탑파塔婆 역사의 최고봉이셨던 우현 고유섭(高裕燮, 1905~1944년) 선생은 탑의 발전과정이 목탑木塔에서 시작하여 전탑塼塔, 석탑石塔으로 진행되었다고 정리한 바 있다.

감은사지 석탑은 목탑에서 석탑으로 바뀌는 과정의 시원始原으로 평가된다. 탑의 각 부분이 하나의 통돌로 이루어진 것이 아니라 여러 개의 석재로 조립되어 있는 것을 볼 수 있다. 목탑의 형식이 아직 남아 있는 모습이다.

감은사지의 주요한 특징 중 하나는 금당 앞에 탑이 두 개라는 점이다. 이전의 절에서는 1금당 1탑이었으나 감은사탑의 1금당 쌍탑이 세워진 이후 1금당 2탑이 통일신라시대의 전형이 되었다. 나에게는 통일신라시대 탑의 완성판이라 할 수 있는 다보탑이나 석가탑보다 감은사지 석탑이 더 감동을 준다. 내 개인 취향인지 모르겠지만 너무 완벽한 미인은 매력이 떨어진다고나 할까.

감은사지의 황혼녘은 이루 말할 수 없는 황홀경을 연출한다. 682년에 세워진 당시 모습 그대로 기품을 유지하고 있는 자태와 노을빛의 조화는

---

*금당(金堂) : 석가모니 부처님을 모시는 대웅전을 말한다. 가람의 중심 건물이며, 금당이라는 명칭은 전당 안을 금색으로 칠한 데서 유래했다는 설과, 금색의 본존불을 안에 모시고 있다는 데서 유래했다는 설이 있다.

배롱나무 꽃필 적엔 병산에 가라

데이트 상대의 마음을 사로잡을 만큼 매혹적이다. 황혼녘엔 사람들도 거의 보이지 않는다. 단지 어디선가 피리소리가 들려오는 느낌을 받는다. '만파식적'의 전설이 이곳에 있기 때문이다. 만파식적은 해룡海龍이 된 문무왕과 천신天神이 된 김유신으로부터 대나무를 얻어 만든 피리라고 한다. 삼국유사에 실린 설화의 내용은 이렇다.

682년(신문왕2) 5월초에 해관이 와서 동해 가운데에 떠 있는 작은 산이 감은사를 향해 물결을 따라 왕래한다 하여 임금이 곧 이견대利見臺에서 동해를 바라보고 산을 살펴보니 그 모양이 거북의 머리와 같고 산 위에 대나무 한 그루가 서 있는데 낮에는 둘로 갈라졌다가 밤이면 하나로 합쳐졌다. 이에 배를 타고 들어가서 그 대나무를 베어서 피리를 만들었는데, 이 피리를 불면 적군이 물러가고 병이 나으며, 가뭄이 들면 비가 오고, 장마 때는 비가 개며, 바람이 불 때는 그치고 물결이 평온해졌다. 그리하여 이 이름을 만파식적萬波息笛이라 하여 역대 임금들이 보배로 삼았다고 한다.

오늘날 우리 사회에도 온갖 문제들이 산적해 있다. 감은사에 오면 만파식적의 피리소리를 듣고 싶고, 그 기운으로 이 시대의 어려움을 해결했으면 하는 바람이 일어난다.

무위사 맞배지붕
군더더기 없는 단순미

누가 절집 지붕을
유심히 쳐다볼까마는

강진 무위사 극락전 맞배지붕은
그렇지 않다네

군더더기 없이 단아한 모습으로
세월의 빛을 있는 그대로 담고 있기 때문이네
특별히 걸친 것도 없이
정좌하고 있는 석가의 모습을 닮았지

여느 궁궐이나 잘나가는 절집의
팔작지붕과는 다르다네

옆모습이 예술이지
그냥 편안한 면 분할

더함도 덜함도 없이…

사람들은 부족함을 가리기 위해
화려해지길 애쓰지
있는 그대로가 좋다는 걸 알았을 땐
세상을 거의 산 다음이라네

그걸 빨리 아는 사람은 이름을 남기지
이 절 극락전과 같이

우리나라 국보건축물은 23개이다. 그 중 5개가 전남에 있고 월출산에만 2개가 있는데, 도갑사 해탈문과 강진 무위사 극락전이 그것이다. 특히 강진답사 코스 중 빠뜨릴 수 없는 것이 무위사인데 조그만 고찰에 국보와 보물이 볼만하기 때문이다.

무위사 극락전은 국보답게 고색창연한 모습이다. 화려한 단청이 없어 더없이 단아해 보인다. 흑백영화를 보는 듯한 느낌이다. 별로 크지도 않은 건물이면서 마치 책을 엎어놓은 듯한 모양의 맞배지붕을 하고 있어 담백하고 군더더기가 없다.

맞배지붕은 삼국시대 우리나라 전통양식으로서 건물 앞뒤에서만 지붕면이 보이고 추녀가 없으며, 용마루와 내림마루만으로 구성된 지붕이다.

무위사 근처 월출산 자락에 있는 드넓은 녹차밭

무위사 극락전(국보 제13호).

조선시대 이후에는 맞배지붕 측면에 눈썹지붕을 단 팔작지붕이 성행하게 된다. 수덕사 대웅전, 종묘의 정전, 안동 봉정사 극락전, 도갑사 해탈문 등에서 맞배지붕을 볼 수 있다.

오래 전 무위사에 들렀을 때 극락전만 있고 나머지 요사채는 없었다. 그러던 것이 갈 때마다 건물이 늘어나더니 지금은 예전의 운치가 사라져 버렸다. 절집이 자꾸 복원되다보니 고즈넉한 맛은 없어지고 위압감만 든다.

무위사 극락전은 맞배지붕의 특성상 옆면의 모습이 예쁘다. 면 분할이 잘 되어 있어 한 폭의 비구상 그림을 보는 듯하다. 사람들한테 옆면을 보

배롱나무 꽃필 적엔 병산에 가라

여주고 맞배지붕과 팔작지붕의 차이를 설명해주면 그때서야 비로소 정갈하고 단아한 모습에 감탄사를 연발한다.

지난번 갔을 때 극락전 안에 들어가 보살님으로부터 내부 설명을 들은 적이 있다. 우선 아미타불을 모신 전각답게 후불벽화가 화려하다. 아미타불은 서방정토의 극락세계를 관장하는 부처이다. 아미타불과 좌우에 협시보살로 지장보살과 관음보살이 한 다리를 내린 상태로 앉아 있는데, 다른 데서는 볼 수 없는 특이한 모습이다.

불당에 들어가거든 반드시 뒤로 가서 후불벽화를 감상해야 한다. '하늘에 뜬 달이 물에 비친 달에 지나지 않는다'는 뜻의 수월水月 관음벽화가 관음보살 입상 상태로 색깔의 변함 없이 그대로 있다는 게 신기할 정도다. 무위사의 불상 벽화는 모두 보물로 지정되어 있는데 벽화만 29개나 된다.

무위사를 답사하다 보면 뜻하지 않은 즐거움을 맛보게 된다. 바로 근처의 월출산 자락에서 드넓은 녹차밭의 전경을 내려다 볼 수 있기 때문이다. 월출산 기암절벽을 배경으로 녹색의 물결이 쫙 펼쳐진 모습은 장관이다. 속이 다 시원하다. 또한 인근 달맞이마을에서 떡 만들기 체험도 하고, 다 만들어진 떡에 녹차 한잔을 곁들여 마시노라면 세상 근심걱정이 모두 사라지고 만다.

여기에 노래자락이라도 한 가락 더한다면 이곳이야말로 극락이고 무릉도원이 된다. 비록 판소리는 아니지만 함께 동행했던 소리꾼 이영태 군의 기타 연주와 더불어 함께 부르던 옛노래가 아직도 귀에 생생하다.

나랏말ᄊᆞ미 中듕國귁에달아
文문字ᄍᆞ와로서르ᄉᆞᄆᆞᆺ디아니ᄒᆞᆯᄊᆡ
이런젼ᄎᆞ로어린百ᄇᆡᆨ姓ᄉᆞᆼ이
니르고져홇배이셔도
ᄆᆞᄎᆞᆷ내제ᄠᅳ들시러펴디몯ᄒᆞᇙ노미하니라
내이ᄅᆞᆯ為ᄒᆞ야

훈민정음 해례본
국보 1호가 되어야 할 하늘의 선물

· ─ ｜

천·지·인天·地·人 삼재三才

하늘과 땅과 사람이 어우러진 글자
훈민정음
만물의 생성과 자연의 이치에 따라
물 흐르듯 만들어진 예술품

개물성무開物成務*의 큰 지혜를 가진 임금은
백성을 어엿비 여겨 스물여덟 글자를 만들었다

---

*사람이 아직 알지 못하는 도리를 깨달아 이것을 실지로 행하여 성공한다는 뜻으로서 역경에 나오는
말임.

훈민정음 창제인은 후서에서 이렇게 말했다
천지기운의 작용으로 사람과 소리가 생겨났고
천지자연의 소리에는 천지자연의 무늬가 있듯이
소리에 따라 삼재의 도를 실어 글자를 만들었으니
만물의 뜻이 통하게 되었다

아침이 다 가기 전에 깨우치게 하고
청탁분별淸濁分別 율려조화律呂調和 하고
바람소리, 학 울음소리, 닭 울음소리, 개 짖는 소리도
모두 글에 담을 수 있게 하였다
도무지 사람의 머리로 할 수 있는 일이 아니다

서문의 웅장한 울림에도 불구하고
새로움은
고통과 저항을 불렀다
중화에 젖은 상소가 변화를 거부했다

언문을 만들어 중국을 버리고
이적夷狄과 같아지려 한다면
이른바
소합향蘇合香 버리고 쇠똥구리 알을 취하는 격이니
어찌 문명의 큰 폐해가 아니겠습니까

그럴 듯하게 포장했지만
사심이 있는 주장은 그걸로 끝이었다
그 뒤
둥근 구멍에 모난 자루 끼워 쓰는
백성의 어리석음은 사라졌다

아무도 모를 뻔했던 창제의 비밀
훈민정음 해례본을
간송이 세상에 선보였을 때
국보 1호는 서열이 바뀌었어야 했다
전란 중 머리맡에 베고 자야 안심이 되었던 물건

귀물貴物…
'훈민정음 해례본'

"우리나라 말이 중국말과 달라서 한자와는 그 뜻이 서로 통하지 아니하
므로 제대로 나타낼 수 없다. 따라서 백성들이 말하고자 하는 것이 있어도
자기의 뜻을 글로 써서 나타내지 못하는 이가 많다, 내가 이를 딱하게 여겨
새로 스물여덟 글자를 만들어 내놓으니 모든 사람들이 이것을 쉽게 익혀서
날마다 쓰는 데 불편함이 없도록 하고자 한다."

우리는 국어 시간에 세종대왕이 쓴 이 서문을 배운 적이 있다. 한자로 된 것을 한글로 풀어쓴 〈훈민정음 언해본〉을 통해서 말이다.

훈민정음은 우리가 잘 알고 있다시피 세종대왕이 집현전 학사들과 더불어 만들었다. 훈민정음이 완성되자 한글을 만든 이유와 사용법을 적은 '예의例儀' 부분은 세종이 쓰고, 한글의 자음과 모음을 만든 원리와 용례는 '해례解例'라 하여 정인지, 성삼문, 최항, 박팽년, 신숙주 등 세종을 도운 집현전 학사들이 써서 이를 책으로 펴냈는데, 그것이 바로 훈민정음 정본으로 불리는 〈훈민정음 해례본〉이다. 그리고 이 책의 서문(후서)에 근거하여 1446년 음력 9월 10일 출간된 것으로 추정하고, 이를 기념하기 위해 이 날을 한글날로 제정한 것이다.

그런데 서문을 포함한 '예의' 부분은 간략하기 때문에 〈세종실록〉이나 〈월인석보〉 등에 실려 전해져 널리 알려져 있었지만 한글창제 원리와 용법을 밝히고 있는 '해례' 부분은 전해지지 않았다. 한글을 연구하는 학자들조차 어쩌면 '해례'는 쓰여지지 않았을지 모른다고 생각했다.

일제는 민족말살정책의 하나로 우리 말과 글을 탄압했는데, 그중에서도 한글을 비하하는 내용으로 '한글은 독자적으로 만들어진 게 아니라 중국의 고대 한자를 모방했거나 몽골 글자에서 비롯되었다'는 등의 주장을 폈다.

하지만 1940년, 훈민정음 창제 이후 대략 500여 년 동안 베일에 싸여 온갖 억측을 불러일으킨 한글의 창제 원리와 용례가 밝혀졌다. 〈훈민정음 해례본〉이 발견되었기 때문이다. 이때 처음으로 학자들은 훈민정음이

배롱나무 꽃필 적엔 병산에 가라

'예의'부분과 '해례'부분으로 나뉘어 설명된 완전한 서책임을 알게 되었다. 또한 한글이 다른 나라의 글을 모방한 것이 아니라 우리 인체의 발음기관을 상형화하여 만들어진 세계 유일의 소리글자임이 밝혀졌다. 모두 〈훈민정음 해례본〉이 발견되었기에 가능한 일이었다.

〈훈민정음 해례본〉은 표지 2장과 본문 33장으로 이루어진 얇은 책 한 권이다. 정교하게 새긴 목판으로 인쇄된 이 한 권의 책은 현재 간송미술관에 보관되어 있으며, 국보 70호로 지정되어 있다.

이 A4 용지만한 책 1권이 발견되지 않았더라면 우리 한글의 창제과정은 영원히 알 수 없었을 것이다. 그런 의미에서 〈훈민정음 해례본〉의 가치는 평가 자체가 어려운 것이다. 사실 우리나라 국보 1호는 바로 〈훈민정음 해례본〉이 되어야 한다고 나는 생각한다. 한글은 전 국민을 문자의 무지로부터 깨어나게 한 위대한 글자이기 때문이다.

한글은 세계에서 유일하게 반포일과 창제 과정을 알 수 있는 문자이다. 1443년 12월, 28글자로 탄생했고 1446년 9월에 반포되었다. 해례본은 훈민정음이 기본 자음 5자와 모음 3자로 이루어져 있다고 설명하고 있다. 기본 글자는 자음 ㄱ, ㄴ, ㅁ, ㅅ, ㅇ 과 모음 ㆍ, ㅡ, ㅣ 이다.

자음 5 글자는 입술 발음기관의 모양과 작동 모양을 본떠 만들었고, 모음의 기본이 된 3글자는 하늘과 땅과 사람을 의미함으로써 자연과 인간을 바탕으로 과학적·창조적으로 만들었다.

무엇보다 한글의 우수성은 정인지가 쓴 서문에서 말한 것처럼 보통사람이 아침나절이 다 가기 전에 깨우칠 수 있는 글자라는 점이다. 외국인

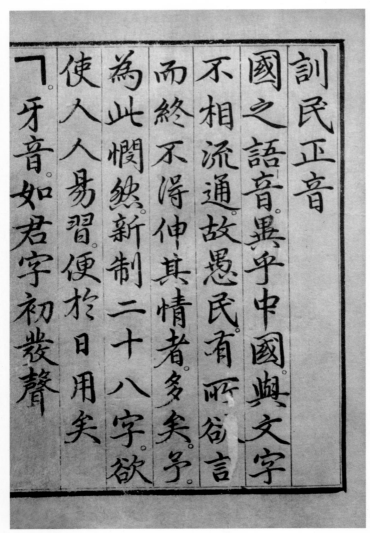

訓民正音

國之語音異乎中國與文字
不相流通故愚民有所欲言
而終不得伸其情者多矣予
爲此憫然新制二十八字欲
使人人易習便於日用矣

ㄱ。牙音。如君字初發聲

〈훈민정음 해례본〉(간송미술관 소장).

배롱나무 꽃필 적엔 병산에 가라

도 대학 수준의 학력을 가졌다면 1시간 이내에 자기 이름을 한글로 표기할 수 있으니까 이 얼마나 편리한 글자인가.

영국의 언어학자인 제프리 샘슨이 "한글은 신이 인간에게 내린 선물이다"라고 극찬을 한 것은 그럴만한 이유가 있다고 생각한다. 한글은 대부분의 소리를 글자로 표현할 수 있다는 점에서 세계의 어떤 문자보다 뛰어난 언어이다.

소리를 글자로 옮길 수 있도록 한다는 발상은 대단히 혁신적인 생각에서 나온 것이다. 한자로 한국말을 적는다는 것은 말과 글이 달라 "둥근 구멍에 모난 자루를 끼워 쓰는 것과 같다"는 정인지의 표현이 재미있다.

그런데 〈훈민정음 해례본〉은 왜 1권 밖에 남아 있지 않는 것일까. 지구상 언어는 대략 2주에 1개 꼴로 사라져 6,500개만이 남아 있다고 한다. 언어도 이러할진데 하물며 몇 권 발간되지 않았던 책이 1권이라도 남아 있다는 것이 얼마나 다행한 일인지 모르겠다.

훈민정음은 창제 당시부터 순탄한 것이 아니었다. 창제 당시에 집현전 학자들 중에도 훈민정음의 창제를 반대한 사람이 있었다. 최만리라는 집현전 부제학은 훈민정음을 언문이라 폄하하면서 이두보다 못한 글자로서 언문을 쓰면 사리판단이 어두워져서 형벌 문제를 해결할 수도 없으며, 언문을 만들어 중국을 버리고 스스로 오랑캐와 같아지려 한다면 이것은 소합향을 버리고 쇠똥구리 알을 취하는 격으로 어찌 문명의 큰 폐해가 아니겠느냐고 격분했다.

사람들은 대개가 변화를 두려워하는 만큼 기득권의 저항은 클 수밖에 없었다. 연산군 때에 이르러서는 자신의 실정을 비판하는 '언문벽서' 사건에 대한 보복으로 언문을 배우거나 쓰는 일을 금지시키기도 했다. 이후 일제 말기에는 민족말살정책의 일환으로 조선어(한글) 교육 금지, 주요 언론 폐간, 한글잡지 폐간, 조선어학회 사건, 창씨개명 등 악랄한 문화말살 작태를 저지른다.

이런 가운데에서도 간송 전형필은 일제의 눈을 피해 틈나는대로 민족 문화재를 모아들였다. 그러다가 1940년 김태준이라는 국문학자를 통해 안동에서 해례본을 입수하게 된다. 김태준의 제자 중 서예가 이용준이라는 사람이 있는데, 안동군 와룡면 주하리에 사는 진성 이씨 한걸의 셋째 아들로 글씨도 잘 쓰고 한학에도 밝은 사람이었다. 하루는 스승인 김태준에게 "가문의 선조가 여진 정벌에 큰 공을 세워 세종대왕으로부터 훈민정음을 하사받아 세전가보로 보관해 오고 있습니다"라고 말하게 된다. 오늘날 〈훈민정음 해례본〉이 빛을 보게 된 대화 내용이다.

이 말을 전해들은 간송은 뛰는 가슴을 억누르고 달려가 해례본을 확인한다. 기와집 한 채 값만 달라던 소유자로부터 무려 10배나 되는 값을 더 주고서 해례본을 받아든다. 이런 귀한 책을 그동안 보관해준 데 대한 대가로는 작다고 말하면서 감사를 표한다. 김태준에게도 기와집 한 채 값을 사례했다. 한국 전쟁 당시 간송은 〈훈민정음 해례본〉을 오동나무 상자에 넣어 다니면서 잠잘 때도 베고 자야 안심이 되었다고 한다.

이후 2008년 경북 상주에서 상태가 양호한 〈훈민정음 해례본〉이 발견되어 세상을 놀라게 했다. 배 씨라는 분이 집수리 도중 〈훈민정음 해례본〉

배롱나무 꽃필 적엔 병산에 가라

을 발견했다고 주장했는데, 상주의 골동품업자인 조 모 씨(2012년 사망)는 상주본을 배 씨가 자기 가게에서 훔쳐갔다고 주장하면서 민형사 소송을 벌이게 된다. 배 씨는 민사소송에서는 졌으나 형사재판에서는 절도혐의에 대해 무죄를 선고받았다.

조 모 씨는 〈훈민정음 해례본〉이 수중에 돌아오면 이를 국가에 기증하겠다고 선언했다. 그런데 공교롭게도 2015년 3월 배 씨의 집에 화재가 난다. 배 씨는 보관하던 〈훈민정음 해례본〉이 불에 타버렸다고 말했다. 하지만 사람들은 대법원이 조 씨의 소유권을 인정하자 배 씨가 해례본을 감춰버린 것이 아닌지 의심을 하고 있다. 해례본이 정말 불에 탄 건지 감춘 건지는 알 수 없다. 결국 간송미술관에 보관되어 있는 〈훈민정음 해례본〉만이 현재 우리가 볼 수 있는 유일본인 셈이다.

세간에서는 1조 원 이상의 가치가 있다고 하고, 혹은 가격으로 환산할 수 없는 귀물이라고 하는 〈훈민정음 해례본〉-. 이것은 소장자 개인의 차원을 넘어 국민적 가치가 너무 큰 것이다. 모든 국민이 소유해야 할 국민의 자산이다. 소유권이 인정되는 자본주의 국가에서 강제로 빼앗아 올 수는 없는 일이다. 배 씨가 국민적 염원에 부응하여 국가에 기증한다면 그보다 더 좋은 일이 없겠지만, 아직까지는 그럴 가능성이 없어 보인다. 배 씨에게 어느 정도 보상을 해주고 국민의 품으로 돌아올 수 있도록 하는 게 어떨까 하는 생각도 해본다. 그마저 거부한다면 어쩔 수 없는 일이지만, 배 씨가 국민들에게 칭송받는 제2의 전형필과 같은 인물이 되기를 간절히 기대해 본다.

서산마애삼존불
그곳에 가면 가슴이 뛴다

강댕이골 나뭇꾼의 인印바위 너스레

"저 위에 산신령이 마누라가 둘이유.
작은마누라가 다리 꼬고 앉아서
볼따구를 찌르고 용용 죽겠지 놀리잔유.
본처가 열 받아서 짱돌 던지려 하니
산신령이 여편네들 싸움질 보면서 환하게 웃지유."

나뭇꾼의 예능감藝能感은 부처를 웃게 한다
서산마애삼존불은 그렇게 세상에 모습을 드러냈다

동동남쪽 석굴암 본존불과 같은 방향
태양을 좇는 해바라기 미소

예술은 마음의 표현
무명의 석수쟁이는 망치와 정 만으로 부처의 맘을 쪼았다

돌을새김 은유
무생물에 생기를 불어 넣었다
고대인들은 만질 수 없는 걸 만드는 마이다스의 손을 가졌다

갈라보살
석가여래
미륵불
삼세불은 과거로부터 미래까지
아침엔 온화
정오엔 근엄
해질녘엔 풍족한 미소로

둥글둥글하다

그곳은 가슴을 뛰게 한다

지인들과 문화재 답사를 다니면서 쉽게 하루 코스로 다녀올
수 있는 곳 중 하나가 충남 서산 일대이다. 서산마애삼존불, 보원사터, 개
심사 등을 볼 수 있고 주변에는 수덕사, 추사고택, 해미읍성 등 스토리가
있는 문화재가 풍부하기 때문이다.

배롱나무 꽃필 적엔 병산에 가라

서산마애삼존불을 보고 느끼는 감정들은 참 다양하다. 그냥 바위에 새겨놓은 조각 중 오래된 것으로 별 감흥이 없다는 분도 있고, 나처럼 가슴이 뛰어 감동을 주체할 수 없는 사람도 있다. 나는 그곳에 갈 때마다 가슴이 뛴다.

1500년 전 백제인들의 솜씨에 감동하고 살아 움직이는 듯한 모습에 입을 다물 수 없다. 1958년이 될 때까지도 세상에 알려지지 않은 것도 신기하다.

중국에서 불교가 전래되는 길목이었던 서산지역은 당시 백제의 수도 부여로 가는 관문이기도 했다. 돋을새김浮彫으로 양각된 세 부처님의 웃는 모습을 사람들은 '백제의 미소'라고 부른다. 당시 시주를 많이 했던 귀족의 모습이 석공에 의해 자연스럽게 표현된 것이 아닐까 생각된다.

백제의 문화재는 통일신라, 고려, 조선을 거치면서 대부분 사라져 버리고 남아 있는 게 별로 없다. 다행히 일본에 전래된 문화재들이 남아 있어서 당시의 문화수준이 상당했다는 걸 알 수 있다.

1971년 무령왕릉의 발견으로 백제문화의 참모습을 볼 수 있게 된 것은 획기적인 사건이었다. 서산마애삼존불은 국보 84호로 국내 마애불 중에서는 예술성이나 보존성 등에 있어서 압권이다. 대개 마애불이 있으면 주변에 대규모 절이 있었다고 보면 된다. 역시 서산마애삼존불도 근처에 보원사 터가 있다.

백제는 한강 유역을 잃고 남쪽으로 옮겨온 이후 이곳이 웅진과 사비에서 서산을 거쳐 당진, 태안으로 이르는 중국과의 교통로로 사용되었을 것

가슴 펼 일이 없는 사람들은
가끔 서산을 찾아 마애삼존불의 미소를 보고
힐링을 해보도록 권해보고 싶다.

으로 추정된다. 오가는 사람들과 물자의 안녕을 바라며 절을 세우고 부처를 만들었으니 그것이 바로 보원사와 마애삼존불인 것이다.

가슴 뛸 일이 없는 사람들은 가끔 서산을 찾아 마애삼존불의 미소를 보고 힐링을 해보도록 권해보고 싶다.

삼존불 답사지인 용현계곡은 물도 맑아 사람들이 많이 찾는 곳이다. 이곳엔 어죽으로 유명한 집이 있다. 어죽은 충청도 지방의 지역음식으로 민물고기를 갈아 국수와 쌀을 넣어 얼큰하게 끓이는 죽이다. 담백하면서도 얼큰하여 속이 시원해진다.

이도다완
조선 도공은 신이 내린 손을 가졌다

조잡한 백토
촌스러운 물레질
덕지덕지 녹아내린 유약

민초들이나 쓰는 막사발을 신주단지 모시듯 법석일까
가마에서 마구 구워내면 될 하찮은 질그릇을…

생과 사를 넘나드는 사무라이들에겐 극적인 반전이 있었다
내면세계에 대한 막연한 그리움은 예술로 승화되었다

화장기 없는 민낯
아기피부의 비파색
오돌토돌한 매화피
거북무늬 유약

막사발에서 소박하고 질박한 아름다움을 찾았다
그리고 위안을 얻었다

가난과 결핍 속에서의 정신적 풍요
적막과 고요 속에서의 정신적 충만

이도다완은 단순한 찻사발이 아니었다
이야기가 담긴 역사였다
'찻잔족보'를 가진…
'오사카성'과도 바꿀 수 없는 종교였다

막사발을 만든 조선의 도공陶工은 신神이 되었다

이도다완井戸茶碗은 우리나라 '새미골 막사발'의 일본식 표기이다. 샘을 일본식 한자로 쓰면 '井(이)', 고을은 '戸(도)'이다. 그래서 '井戸(이도)'라는 말에서 이도다완이 되었다. 이도다완은 임진왜란 때 일본에 끌려간 조선 도공들이 만든 막사발이라고 한다. 끌려간 조선 도공들은 경상도 진주목의 '새미골' 출신들이라고 하기도 하고, 막사발은 양반들이 사용하던 백자와 달리 서민들의 밥그릇이나 국그릇으로 사용되던 것으로 민간 가마인 민요에서 만들어지던 것이라고 한다.

부근리 고인돌!
덮개돌 무게만 50톤에 달하는 북방식 고인돌로서 우리나라에서
가장 큰 것중 하나이다. (길이 7.1m, 너비 5.5m, 높이 2.6m)
청동기시대 대족장의 무덤이었을것으로 추정된다.

비가 없었던 청동기 시대에 어떻게 저런 큰 거석을 옮겨서 받침돌 위에 올려 놓을 수 있었을까. 학자들이 추정해 본 고인돌 만들기는 이렇다.

먼저 고인돌로 쓸만한 돌을 채취하는 일부터 시작한다. 단단하게 보이는 화강암 지역에 가서 바위 덩어리를 고르거나 잘라낸다. 암반에서 떼어낼 때는 어떻게 했을까. 다이나마이트가 있었을 리도 만무하다. 원시인 중 머리 좋은 어떤 사람이 기발한 방법을 생각해 냈을 것이다. 바위 결을 따라 틈이 있는 곳에 나무말뚝을 박고 물을 적시면 물에 불어난 나무가 바위를 쩍하고 갈랐을 것으로 추정된다. 떼어낸 돌을 운반할 때는 큰 통나무 여러 개를 깔아놓고 수많은 장정들이 끌어 당겨서 이동시켰다. 다음에는 땅을 파고 고임돌을 세운 뒤에 고임돌 꼭대기까지 흙을 쌓아 올려 완만하게 만든다. 비탈을 따라 덮개돌을 끌어 올리고 다 올린 뒤에 흙을 제거하면 고임돌 위에 덮개돌이 얹힌 고인돌이 완성된다. 고임돌과 덮개돌로 인해 생긴 공간에 주검과 부장품을 넣은 후 양쪽을 돌판으로 막으면 끝이다. 이것이 학자들이 추정한 고인돌 만드는 과정이다.

그런데 이 과정에서 돌을 채취하는 석공, 거대한 덮개돌을 올리는 토목·건축 기술 등이 필요한데 현대인들로서는 불가사의 할뿐이다. 한반도에 살았던 우리 선조 원시인들은 참 머리가 좋았던 것 같다.

세계 전역에서 발견된 고인돌의 40% 이상이 한반도에 분포되어 있다고 한다. 그중 남한 지역에 3만여 기, 북한에 약 1만~1만 5천 기가 발견되었다. 정말 우리나라는 '고인돌 왕국'이라 해도 과언이 아니다. 그 중에서

이도다완은 중국의 화려하지만 자연미가 부족한 천목天目다완이나 일본의 뭉툭하여 멋스러움이 부족한 라꾸다완樂茶碗과 달리 소박하면서도 정감 있고 특히나 실용적인 점이 이들과 구별된다. 사용하면 할수록 찻물의 색이 잔의 몸체에 배어 찻잔에 마치 그림을 그린 듯 아름다운 모양을 띤다고 한다.

현재 42개 정도가 일본에 있는데 그 중 교토 대덕사 고봉암에 있는 기자에몽이라는 이름의 이도다완은 일본 국보 26호로 지정되어 있으며, 친견(親見)하는 데만 300만원이 든다고 한다.

"다른 다기는 아름답기는 해도 기교가 심한 게 흠인데, 이건 무기교라 순박미가 넘쳐요."

"다완이 살아 있습니다."

"어린아이 피부 같은 촉감에서 내면적 온기와 깊이, 포용성, 도공의 심성, 예술미의 천연성이 전해지는 것 같은 걸작…."

이도다완을 보고 전문가들이 한마디씩 한 말들이다.

일본에서 국보로 지정된 '기자에몽'은 단순히 아름답기만 해서 국보가 된 건 아니다. 찻잔의 사용내력을 기록한 '찻잔 족보'가 함께 있기 때문이다. '오늘은 누구와 무슨 차를 마시며 어떤 이야기를 나누었다'라는 내용들을 담고 있다. 스토리가 있는 찻잔이기 때문에 거의 신격화되다시피 했다.

'오사카성과도 바꾸지 않는다'는 이도다완이다. 또한 도요토미 히데요시가 사용했다 해서 더욱 유명해진 점도 있다.

우리는 일본 국보를 보기 힘들기 때문에 이도다완의 아류 작품들을 보는 것으로 만족할 수밖에 없다. 일본사람이 국립중앙박물관에 기증한 '추철회시문다완萩鐵繪詩文茶碗'*은 포로로 잡혀간 조선인 하기야키萩燒 도공이 만든 것이라고 한다. 다기의 노란색 표면에 붓글씨로 한글이 써져 있는 것이 여타의 것들과는 다른 특징을 보여준다.

또 얼마 전에 16세기 쯤 만들어진 것으로 추정되는 이도다완이 한국에서 발견되었다. 전북 정읍지역에서 전해 내려온 것으로 알려진 이도다완을 국내 도자기 마니아가 소장해오다가 세상에 내놓게 되었다고 하는데 극히 이례적인 일이라고 한다. 일본 국보 기자에몽을 능가하는 아름다움을 지녔다고 한다. 국내에 있으니 언젠가는 감상할 수 있는 기회가 있을 것으로 생각된다.

이도다완은 비파색, 매화피, 물레선이 대표적인 특징이다. 비파색을 내는 흙이 따로 있는데 하동의 새미골 어디엔가 있는 흙이라 한다. 거친 흙으로 물레선이 보일 정도로 성형한 후 유약을 발라 장작으로 구워내면 되

---

*추철회시문다완-하기야키 다완 _ 높이 11.0cm, 국립중앙박물관 소장. 10줄의 한글이 써 있는 이 찻사발은 일본 야마구치 현 하기 지방에서 17-18세기에 만든 것으로 생각된다. 하기 지방은 임진왜란 때 일본으로 잡혀 온 장인들이 정착하여 도자기를 생간하게 된 지역 가운데 하나로 이곳에서 만든 도자기를 "하기야키(萩燒)"라고도 한다. 임진왜란 때 일본에 가게 된 도자기 장인들은 각지에 흩어져 뛰어난 조선의 도자기 제작 기술을 바탕으로 일본의 도자기 발달에 큰 영향을 미쳤다. 이 찻사발은 이러한 한일 도자교류의 일면을 보여주는 작품이다. 특히 조선 사발에 적힌 한글을 통해 도자기를 만든 조선 장인의 생활상을 엿볼 수 있다는 점에서 흥미롭다.

배롱나무 꽃필 적엔 병산에 가라

추철회시문다완(국립중앙박물관 소장).

는 막사발을 두고 세상은 왜 이리 야단법석일까?

아마도 화려하고 요란스러운 현대사회의 작품에서는 찾아볼 수 없는 지극히 소박하고 단순하면서도 자연스러운 점이나, 비파색이 주는 차분함과 보드라움 등이 어우러져 만들어진 물건이기 때문은 아닐까 생각된다. 화려한 옷을 입고 진한 화장을 한 얼굴보다는 자연스럽게 로션만 바른 민낯의 여자 얼굴이 더 좋아 보이는 것과 같은 이치가 아닐까? 물론 내 주관적인 생각이다.

119

부근리 고인돌
선사시대의 명품

내 카톡 대문은
부근리 고인돌이 지키고 있다

조금은 삐딱한 한 쌍의 받침돌
육중한 화강암 덮개돌

열중쉬엇 자세로
수억 개의 풍상風霜을 막았다
주인을 위해…

주인은 아름다운 사람이었다
머문 자리가 깨끗하다

육신이 사라진 자리를
충견忠犬은

배롱나무 꽃필 적엔 병산에 가라

아무런 불만 없이 지키고 있다
혼백을 위해

품위를 잃지 않고
선사先史의 모습 그대로…

명품名品이다

강화도는 서울에서 비교적 가깝고 바다도 볼 수 있기 때문

에 가끔 들르는 곳이다. 강화도에 가면 꼭 보고 오는 것이 부근리 고인돌
이다. 넘 씩씩하고 잘 생겨서 보고 또 봐도 질리지 않는다. 그래서 나는 부
근리 고인돌을 명품이라고 평한다.

명품은 오래 써도 깊은 맛과 멋을 그대로 유지하고 있다. 청동기시대에
만들어진 부근리 고인돌은 무려 3000년 전 작품이다. 막강한 족장 무덤
이었을 걸로 추정되는데, 오랜 세월 벌판에서 비바람을 맞으며 변함없이
우뚝 서 있었다. 세계가 인정한 명품일 수밖에 없다.

강화도 하점면 부근리 고인돌(사적 제 137호)은 비스듬하게 기울어진
상태로 2개의 고임돌 위에 거대한 화강암 덮개돌이 올려져 있다. 길이
7.1m, 너비 5.5m, 높이 2.6m, 무게 50톤이나 되는 육중한 모습이다. 중장

도 고창·화순·강화 일대의 고인돌 유적은 보존 상태가 좋아서 유네스코 세계문화유산으로 등재되었다.

지금으로부터 70만년 전 한반도에 사람이 살기 시작한다. 그 후 빗살무늬 토기를 사용했던 신석기시대가 지난 기원전 1000년 무렵, 정착 농경시대가 열리는데 이때가 바로 청동기시대이다. 구리에 주석이나 아연을 합금하여 만든 청동기는 인류사회에 길고 긴 석기시대를 마감하는 결정적인 계기가 된다. 농업생산력이 빠르게 증대되면서 집단 정주지역이 생기고 부족국가 형태로 발전하게 된다.

부근리 고인돌은 대표적인 탁자형 북방식 고인돌이다. 고창 도산리에 있는 북방식 고인돌이 발견되기 전까지는 북방식 고인돌의 남방한계선이 강화도이었을 것으로 생각했다. 도산리 고인돌은 날씬하고 예뻐서 북방미인 고인돌이라고 할 수 있는 반면, 부근리 고인돌은 믿음직한 장군감으로 보인다.

강화도는 섬 지역인 만큼 특산물이 많은데, 나는 그중에서도 강화순무를 좋아한다. 아릿한 맛 때문에 싫어하는 사람들도 있지만, 맹숭맹숭한 무 맛보다는 자극적이어서 입맛을 돋운다. 덧붙여 강화도 답사 때는 강화읍 뒷골목에 있는 젓국갈비집에 들러 별미를 맛보자. 새우젓과 돼지갈비, 두부, 대파 등을 숭숭 썰어 넣고 끓인 젓국갈비탕은 해장용으로도 그만이다. 강화도에서만 맛볼 수 있는 특별한 음식으로 일권한다.

버림받은 범종들
중원을 울리던 송宋·원元·명대明代의 범종

송도松島 이국적異國的인 범종 세 개
보물스럽지만 고철古鐵처럼 서자庶子 취급 받아온 것들

부평 조병창에서
구사일생으로 죽음을 면했지만
박물관 외진 곳에서 불법체류자 신세로 녹슬고 있다

태평양전쟁은 이 종鐘들을 징발했다
송대宋代 원대元代 명대明代
대륙의 인민人民들에게 감동을 주었던 영웅英雄들이다

전쟁은 문화를 짓밟았다
시대의 영혼과 정신을 깨우던 소리들이
용광로 속에서 모습을 잃었다
지구상 수많은 종鐘들이 그렇게 사라져 갔다

국적이 다르다 해서
생각이 다르다 해서
모습이 다르다 해서
울림이 다르다 해서

천년千年의 역사를 외면할 수는 없다
그 속에 삶의 희노애락이 녹아있기 때문이다

고철古鐵들이 울 수 있도록 마음을 열어야 한다

2014년 가을 어느 날 송도에 점심 약속이 있어서 갔다가 시간이
좀 남아서 근처 인천시립박물관을 잠시 들른 적이 있다. 박물관의 위치가
연수구 옥련동의 언덕바지에 있어서 관람객들이 큰 맘 먹지 않으면 오기
힘들겠구나 하는 생각이 들었다. 하지만 일단 현대식으로 아름답게 조성
된 박물관에 도착해 보니 주위 경관이 수려하고, 탁 트인 인천 앞바다가
내려다 보여서 가슴이 다 시원해졌다.

중앙박물관도 아니고 자치단체의 박물관에 뭐 그리 볼 만한 것이 있을
까 하는 가벼운 마음으로 이곳저곳 둘러보았다. 하지만 내 생각은 금세
바뀌었다. 인천과 경기 지역에서 출토된 선사시대의 유물에서부터 조선
시대의 생활용구, 심지어 인천과 관련한 근현대사 사진자료에 이르기까

배롱나무 꽃필 적엔 병산에 가라

지 상당량의 유물이 소장되어 있었다. 특히 내 눈을 끈 것은 옥외에 전시된 고인돌이었다. 1927년 조사된 학익고인돌鶴翼支石墓이라고 하는데 사실 처음 보는 것이었다. 게다가 개항기 외국인의 거주지 및 무역 영역을 표시한 각국 조계석租界石 역시 처음 보는 것이었다. 시간 가는 줄 모르고 관람한 후 박물관을 나서려다가 문득 발길을 멈추게 하는 유물이 눈에 들어왔다.

예사롭지 않은 범종 세 개가 가족들처럼 함께 모여 있는 것이 아닌가. 어른 키보다 훨씬 큰 높이의 범종은 얼른 보기에도 우리나라 종이 아니라는 걸 알 수 있을 정도로 특이했다. 일찍부터 불교 유물에 관심이 있던 터라 가까이 가서 살펴보니 중국 계열의 범종이었다. 중국의 범종이 왜 이곳에 있을까? 안내하는 분의 설명을 들으니 역시 중국 유물이며, 송나라(960~1279년), 원나라(1271~1366년), 명나라(1368~1644년) 때 만들어진 것들이라고 한다. 보물로 지정되어 있느냐고 물었더니 고개를 좌우로 흔든다. 현재는 인천시 유형문화재로만 등재되어 있다고 한다.

약속 모임을 마치고 사무실로 들어와 자료를 찾아보았다. 관련 범종들에 대한 기록을 찾아보았더니 제2차 세계대전 당시 일본군이 무기를 만들기 위해 중국에서 강제로 징발하여 부평 조병창 창고에 쌓아두었던 장물贓物이었다.

범종은 알다시피 불교 사찰에서 쓰는 커다란 종으로 대중을 모으거나 때를 알리기 위해서 치는 종을 말한다. 일본군은 중생을 구제하려고 만들어진 범종을 녹여 사람들을 해치는 무기로 만들려고 한 것이다. 하지만

명대 철제 범종(인천시립박물관 소장).

하늘의 뜻이었을까, 아니면 부처님의 가호 때문이었을까. 범종은 끝내 무기로 만들어지지 않았고 살아남았다.

하지만 범종 본연의 역할을 못하고 머나먼 타국에서 보물이 아닌 문화재 수준으로 방치되어 있다고 생각하니 안타까운 마음이 들었다. 어쩌면 원래대로 중국의 어느 사찰에 걸려 있었으면 아직도 수많은 중생들에게 중후한 범종 소리를 들려주고 있을 것이고, 우리나라 상원사 범종이나 에밀레종처럼 보물로 귀한 대접을 받고 있었을 것이다.

범종 세 개 가운데 가장 후대에 만들어진 명대의 것은 주조년대가 숭정崇禎 11년인 1638년(조선 인조16년)으로 명문되어 있고, 전체적으로 꽃 모양을 형상화한 듯하다. 하단부는 꽃잎 모양을 하고 있고, 상단부에 안安, 민民, 태泰, 국國이라고 새겨져 있다. 나라의 태평성대와 백성의 편안함을 기원한다는 의미로 새겼을 것이다.

우리도 임진왜란이나 양요 때 많은 문화재를 외국에 빼앗기거나 잃어

배롱나무 꽃필 적엔 병산에 가라

버린 슬픈 역사를 지니고 있다. 불법으로 반출된 많은 보물들이 우리나라로 되돌아오지 못한 채 외국의 박물관에 보관되어 있다. 하지만 역사의 애환을 담고 있는 문화재는 원칙적으로는 본래의 자리로 되돌려야 하고, 자국의 보물에 걸맞은 예우를 갖추고 소장되어야 한다. 그런 점에서 볼 때 인천시립박물관에 소장 중인 세 개의 범종은 지금이라도 제대로 된 감정과 평가가 이루어져서 중국으로 되돌려 주거나 아니면 우리나라 보물로 지정하여 소장, 전시되는 것이 옳을 듯하다.

만일 중국인들이 이곳을 방문하여 자국의 보물들이 홀대받고 있다고 생각하면 기분이 어떨까. 외국의 보물급 문화재를 장물이라 해서 소홀히 한다면 그건 문화국가라고 할 수 없다. 문화재는 인류의 자산이기 때문에 어느 나라에서 만들었든 어떤 경로로 이곳에 있든, 역사적 가치를 제대로 평가하고 위상에 맞는 대접을 하는 게 중요하다. 하루빨리 세 개의 범종이 제 자리를 찾았으면 좋겠다.

詩가 있는
역사문화 에세이

III

자연, 사람 그리고…

간송예찬
민족의 영혼을 지킨 부자

강진의 추억
산, 바다, 역사, 맛, 멋이 어우러진 곳

병산서원
가장 한국적인 풍광

북촌
왕기 서린 기와집 골짜기

퇴계녀딘길
도산에서 청량산 가는 퇴계의 공부길

다산의 오솔길
유자와 불자가 교우하던 걷고 싶은 길

소래습지
칠선초와 해당화가 정겨운 염전 터

홍어
코를 톡 쏘는 중독성 있는 발효식품

모란장
잊혀져가는 옛 정취를 느낄 수 있는 곳

뱅꽁이
멸종위기의 한국적인 개구리

어비계곡
물고기 날아다니는 서울 근교의 한적한 계곡

내금강 답사기
금강의 속살을 찾아서

간송예찬
민족의 영혼을 지킨 부자

내가 만일 부자라면…

금싸라기 대치동 집 팔아
사기그릇 샀을까요?

기와집 수십 채와
한 권의 책을 바꿀 수 있을까요?

큰 부자였던 간송
한국사람 혼을 지키는데 가산을 탕진한 갑부
마음은 더 부자

당신은
탐욕 대신 맑은 영혼을 가졌으니
성인의 반열에 들어 있어야할 군자요

135

부드러움으로 강함을 이겼으니
분명 우리나라 지폐에 들어갈 위인이며

존경할만한 인물이 사라진 세상에
당신은 나의 우상

위대한 아버지를 둔 자손들은
가난하고 힘들어도
당신으로 인해 영혼을 지킨 백성들은
희망이 있고 마음이 풍요롭습니다

혜원의 전신첩을 보고 웃을 수 있고
천마리 학이 날아가는 듯한 청자에 빠져들고
겸재의 금강산에 넋이 나가고
한글 창제의 비밀을 알고선 감사한 맘을 금할 수 없습니다

사라져 버릴 뻔한 보물들이
당신으로 인해
이 땅위에 살아 숨쉬고
사람들을 하나로 묶었습니다

오늘날
상당수 부자들은

가진 돈을 써야 할 곳에 쓰지 못하는
가난한 마음뿐

바보 간송이 죽비를 내리칩니다

"이 바보들아, 나는 너희가 바보처럼 보여."

간송 전형필….

전 재산을 털어서 우리 문화재를 지킨 인물. 내가 우리나라에서 존경할 만한 인물로 꼽는 몇 안 되는 분 중 한 분이다.

성북동 언덕 밑에 가면 우리나라 최초의 개인 박물관인 간송미술관이 있다. 그곳에 보관된 문화재들 중에는 국보가 12개, 보물이 10개나 된다. 그 외에도 수많은 문화재가 미술관 수장고에 보관되어 있다. 일 년에 봄과 가을, 2주간씩만 오픈하기 때문에 쉽게 접근하기도 어려운 곳이다.

우리가 미술책이나 역사책에서 본 문화재들을 이곳에 가면 볼 수 있다. 이 시대의 사람들이 우리의 귀한 문화재를 우리 땅에서 직접 볼 수 있다는 것이 얼마나 큰 축복인지 모르겠다. 외국으로 반출되었더라면 영영 볼 수 없었던 선조들의 위대한 작품을 마주할 수 있게 한 분이 바로 간송 선생이다.

간송은 일제강점기 우리나라 40대 부호 중 한 사람이었다. 오늘날로 치면 1조원 가까이 되는 재산을 가지고 있었던 것으로 추정된다. 소유했던 논이 800만평(4만 마지기)으로 일 년에 쌀 2만 가마니를 소작료로 거두어 들였다. 당시 기와집 한 채가 1,000원 정도 되었고 논 1마지기에 50원이었으니까 재산규모는 200만원, 기와집으로 환산하면 2천 채, 오늘날 기준으로 6천억 원 이상 되는 셈이다. 매년 소작료로 기와집 150채에 해당하는 쌀을 거둬들였다.

간송은 평생 부귀영화를 누리면서 편히 살다갈 수 있는 부자였다. 그런 기득권을 다 내려놓고 우리 문화재를 지키는 데 가산을 모두 털어 넣었다. 민족혼이 말살되고 식민지의 암울했던 상황에서 전 재산을 탕진(?)할 용기를 지닌 부자가 있을까. 아마도 그런 사람을 찾는 일이란 모래밭에서 바늘 찾는 것이나 같지 않을까 하는 생각이 든다.

간송의 문화재 수집 과정 중 한가지 아찔했던 것은 한국전쟁 당시 미술관 수장고에 있던 수많은 문화재들이 모두 북쪽으로 가게 될 뻔 했던 때이다. 인민군들이 순식간에 서울까지 밀고 들어와서 성북동 미술관도 그들이 접수했었다. 전쟁 중에도 인민군들은 수장고의 문화재를 북으로 옮기기 위해 모두 포장하는 작업을 했다. 당시 미술관 물품의 수송에 동원된 최순우와 손재형 선생은 온갖 핑계를 대서 시간을 끌었다. 인민군들은 수장고에 미술품들이 많다는 것은 알았지만 중요한 문화재가 그렇게 많을 줄은 미처 생각하지 못했던 것 같다. 다행히도 상당수 문화재들은 무사했다. 두 분 선생께 감사드린다.

외국으로 반출되었더라면 영영 볼 수 없었던 선조들의
위대한 작품을 마주할 수 있게 한 분이 바로 간송 선생이다.

그러나 다시 전세가 밀리면서 피난을 가야 했던 상황이 되자 간송은 중요한 것은 가지고 부산으로 피난 갔지만 대부분은 남겨두고 갈 수밖에 없었다. 서울 수복 후 돌아와 보니 수많은 서적과 고활자본, 목판들은 불쏘시개, 벽지, 창문가리개로 사라져 버렸다. 참담한 일이었다. 피난 가 있었던 동안 보화각(당시 간송미술관 이름)에 두고 왔던 문화재들의 피해상황에 대한 그 당시의 기록을 보면 가슴이 아프고 쓰리다.

"3년 동안 피난 생활을 마치고 북단장에 돌아오니, 아궁이 앞에는 당판 전적들이 불쏘시개로 산더미 같이 쌓여있고 (중략) 청계천변 노천에도 내 서책이 나타나고 고물상 창고에도 나의 애장본이 꽂히었다."

천우신조로 전쟁 당시에 보화각에 있던 문화재는 일부분은 사라져 버렸지만 상당 부분을 건질 수 있었다. 정말 지금 생각해봐도 아찔하지 않을 수 없다. 다행히 지금까지 남아 있는 문화재는 김정희, 김홍도, 신윤복, 장승업, 정선, 심사정 등의 서예 작품과 서적, 불상, 자기, 회화 등 무려 5,000여 점에 이른다.

〈훈민정음 해례본〉은 간송이 피난 갈 때 가지고 다녔기 때문에 무사했다. 간송이 우리에게 남겨준 국보 중 최고는 아마도 〈훈민정음 해례본〉일 것이다. 그 외에 청자상감운학문매병, 겸재 정선의 진경산수화들, 혜원의 미인도, 혜원의 전신첩, 청화백자난국초충문병, 청자상감연지원앙문정병, 청자기린형뚜껑향로, 동국정운, 청자오리모양연적, 청자상감포도

동자문매병, 금동삼존불감 등 최고의 걸작품들을 볼 수 있다는 건 간송이 우리 민족에게 준 최고의 선물일 것이다.

한 국민의 혼을 지킨 인물 – 간송 전형필을 내가 존경하는 이유이다. 우리 국민들은 얼마나 그를 알고 있을까. 이 시대에 부를 축적한 사람들은 한번쯤 어디에 부를 써야 할지 생각해볼 필요가 있다. 국가와 민족의 미래를 위한 큰 일에 선택과 집중, 간송의 혜안으로 쓸 수 있기를 간절히 기도해 본다.

강진의 추억
산, 바다, 역사, 맛, 멋이 어우러진 곳

지가 제일 잘났다고 다투는 봄이 오면
다산茶山이 혜장惠藏을 만나러 가던 오솔길을 걷고 싶네
동백꽃이 지쳐 떨어진 백련사 뒤뜰에서
다산이 고민했던 시대의 아픔을 다시 생각해 보고 싶네

가진 것이 많아 부담스러운 여름이 오면
어릴 적 방학때면 찾던 동령마을 곰삭길을 걷고 싶네
대밭에 가려 서늘한 황토냄새 담아서
더위에 지친 사람들에게 한 사발씩 나눠 주고 싶네

살기 위해 몸부림치는 가을이 오면
병영성兵營城 옆 돌담길을 따라 걷고 싶네
까치밥으로 남겨진 감 하나에 하얗게 내려앉은 서리를 보면서
하멜의 스산한 마음을 헤아려 보고 싶네

마음을 비워서 더 버릴게 없는 겨울이 오면
자궁 속 같은 강진만을 따라 걷고 싶네
청자 빛 머금은 까막섬에 흰 눈 덮일 때
백白·녹綠·청青의 물감을 풀어 그림을 그리고 싶네

계절이 끝났을 때
'나의 사철가'를 부르리라

"인간이 모두가 백년을 산다 해도
병든 날과 잠든 때, 걱정근심 다 제하면 단 사십도 못 살 인생
하고픈 거 하면서 한세상 놀다나 가세"

2011년 정월초 꿈속에서 떠오른 시상詩想을 정리했다. 〈장자莊子〉의 '소요유逍遙遊'에 나오는 인생의 자유롭고 자연스러운 삶에 대한 동경이 내게도 감응感應되었나보다.

우리 국악 중 '사철가'라는 단가短歌*가 있다.

---

*단가(短歌)는 짧은 노래라는 뜻으로 판소리를 부르기 전에 입과 몸을 풀기 위해 부르는 간단한 노래를 말한다.

이 산 저 산 꽃이 피니 분명코 봄이로구나

봄은 찾아 왔건마는 세상사 쓸쓸하드라

나도 어제 청춘일러니 오늘 백발 한심하구나

       (중략)

인간이 모두가 백년을 산다 해도

병든 날과 잠든 때, 걱정근심 다 제하면 단 사십도 못 살 인생

아차 한번 죽어지면 북망산천의 흙이로구나

       (중략)

세월아 가지마라 가는 세월 어쩔거나

늘어진 계수나무 끄트머리에다 매달아 놓고

       (중략)

벗님네들 서로 모아 앉아서

한 잔 더 먹소 덜 먹게 하면서 거드렁 거리고 놀아보세

인생을 사철에 비유해서 인생의 무상함을 아쉬워하며 현세에서의 즐거운 생활을 권하는 노래이다.

내가 태어난 곳은 전남 강진이다. 유홍준 교수가 〈나의 문화유산 답사기〉에서 '남도답사 일번지'라 명하고 '꿈결속에 다녀온 미지의 고향 같다'고 소개한 곳이다.

강진과 해남은 우리 역사 속에서 단 한번도 무대의 전면에 부상하여 화려한 스포트라이트를 받아본 일 없었으니 그 옛날의 영화를 말해주는 대단한 유적과 유물이 남아 있을 리 만무한 곳이며, 지금도 반도의 오지로 어쩌다 나 같은 답사객의 발길이나 닿는 이 조용한 시골은 그 옛날 은둔자의 낙향지이거나 유배객의 귀양지였을 따름이다.

그러나 월출산, 도갑사, 월남사지, 무위사, 다산초당, 백련사, 칠량면의 옹기마을, 사당리의 고려청자 가마터, 해남 대흥사의 일지암, 고산 윤선도 고택인 녹우당. 그리고 달마산 미황사와 땅끝[土末]에 이르는 이 답사길을 나는 언제부터인가 '남도답사 일번지'라고 명명하였다. 사실 나의 표현에서 지역적 편애라는 혐의를 피할 수만 있다면 나는 '남도답사 일번지'가 아니라 '남한답사 일번지'라고 불렀을 답사의 진수처인 것이다.

거기에는 뜻있게 살다간 사람들의 살을 베어내는 듯한 아픔과 그 아픔 속에서 키워낸 진주 같은 무형의 문화유산이 있고, 저항과 항쟁과 유배의 땅에 서려 있는 역사의 체취가 살아 있으며, 이름없는 도공 이름없는 농투성이들이 지금도 그렇게 살아가는 꿋꿋함과 애잔함이 동시에 느껴지는 향토의 흙내음이 있으며, 무엇보다도 조국강산의 아름다움을 가장 극명하게 보여주는 산과 바다와 들판이 있기에 나는 주저 없이 '일번지'라는 제목을 내걸고 있는 것이다.

- 〈나의 문화유산 답사기〉 1권

칠량면의 옹기마을은
여직 전통적인 방식으로
옹기를 구워내고 있다.

내가 스스로 고향에 대한 찬사나 자랑거리를 늘어놓은 적은 없지만 세상사가 번잡하여 머리를 식힐 필요가 있을 때면 제일 먼저 떠올리는 곳이 고향 강진이다. 어릴 적의 추억이 남아있는 곳이기도 하지만 '월출산, 도갑사, 월남사지, 무위사, 다산초당, 백련사, 칠량면의 옹기마을, 사당리의 고려청자 가마터, 해남 대흥사의 일지암, 고산 윤선도 고택인 녹우당, 그리고 달마산 미황사와 땅끝土末'을 무심히 돌아보다 보면 어느새 세상사 모두 부질없음이 느껴지고, 내 안의 욕심들이 사라짐을 느낀다.

그저 낙향하여 벗들과 더불어 사철내내 오순도순 이야기 꽃을 피우고, 밤바다를 바라보며 술잔에 별을 떠담아 마시면서 유유자적 살아가고픈 생각이 든다. 마음의 병을 치유하는 장소로 고향보다 나은 곳이 또 어디 있을까.

병산서원
가장 한국적인 풍광

배롱나무 꽃 필 적엔 병산에 가라

강물이 적당히 게으르고
바람막이 병풍산이 다소곳한 곳
여름을 토해내는 백일홍이 흐드러지는 곳
백사장에 누워 별을 헤아리며 윤동주의 서시序詩를 떠올리는 곳

시간이 느려져 걸음걸이가 여유로워짐을 느껴라

그곳에 풍산류씨豊山柳氏 학당이 있다
만대루에 올라 서애西厓를 만나라
손을 부여잡고 위로하라
임진년 당신은 패장이 아니었다고
징비懲毖 앞에 모두가 무릎 꿇고 통곡하자고

허망한 반성은 병자년에 또다시 통곡한다
누가 이 나라의 백성이길 소원하리이까
서애의 울부짖음만 메아리로 남았다

8월의 병산은
감히 여유로운 웃음을 지을 수 있는 곳이 아니다

아들이 군대 가기 전 가족끼리 오붓하게 여행을 한 적이 있다. 행선지를 고민하다가 정한 곳이 유교문화권 지역이다. 영주·안동 일대의 사찰과 서원 그리고 청량산 등지를 돌아다녔다. 젊은 세대는 별로 안 좋아할 줄 알았는데 아들이 예상 외로 운치 있고 유익한 여행이었다는 말을 해주었다. 답사가 취미인 나로서는 듣기에 좋았다.

우리 가족에게 여행 중 가장 높이 평가받은 곳이 바로 병산서원이다. 때는 바야흐로 8월 중순경이라 배롱나무에 빨간 꽃들이 만발한 시기였다. 비포장도로를 달려야 하는 마을 입구부터가 예사롭지 않았다. 자연 상태를 그대로 보존하려고 애쓴 지역 주민들의 마음 씀씀이가 곳곳에서 느껴졌다.

병산서원은 낙동강 상류의 산골짜기에 백사장을 앞뜰로 병산을 안산 삼아 자리 잡은 풍산류씨의 학당이다. 병산은 마치 병풍이 펼쳐진 듯한

병산서원은 대원군의 서원철폐령에도 사라지지 않고 남은
47개 서원중 하나로 조선시대 대표적인 유교 건축물중 하나이다.

병산서원의 만대루에서 바라보면 낙동강의 넓은 백사장과
천천히 흘러가는 강물이 한눈에 들어온다.

배롱나무 꽃필 적엔 병산에 가라

산의 풍경에서 유래했다고 하는데, 서원의 만대루에서 바라보면 낙동강의 넓은 백사장과 천천히 흘러가는 강물이 한눈에 들어온다. 인공적인 조형물이라고는 마을의 식당 몇 집과 서원이 전부다.

병산서원은 얼른 봐도 절제된 선비의 모습이 떠오르는 곳이다. 임진왜란 때 영의정을 지낸 서애西厓 류성룡(1542~1607)이 후학들을 양성하기 위해 세운 배움터이기 때문일까. 자연을 거스르지 않은 절제된 공간에서 선비들의 채취를 느낄 수 있는 곳이다. 대원군의 서원철폐령에도 끝까지 살아남은 몇 안 되는 서원이다.

병산서원의 만대루는 유생들의 휴식공간이면서 야외학습을 할 수 있도록 개방된 건축물이다. 내부에서 밖을 내다보면 한 폭의 그림처럼 보이도록 설계된 기가 막힌 곳이다.

만대루 지붕 한편에 북이 걸려 있는데 서원의 3가지 금기인 여자, 사당패, 술이 내부에 반입되었을 경우에 울렸다고 한다. 만대루 기둥 사이로 본 병산은 예술 그 자체다. 더 이상 말과 글로 표현하기 어렵다.

그런데 의외로 배롱나무가 어떤 나무인지 잘 모르는 사람들이 많다. 배롱나무는 백일홍이라고 부르기도 하는데, 7월부터 꽃이 피기 시작해서 9월까지 백일 동안 피어 있다 해서 붙여진 이름이다. 배롱나무는 절집이나 선비들의 공간에 많이 심었다 한다. 배롱나무가 껍질을 다 벗어버리듯 스님들도 세속을 떠나야 한다는 마음에서, 선비들이 있는 곳엔 항상 청렴함을 잃지 말아야 한다는 뜻에서 심었다. 병산서원에는 수령 380년이 넘는 보호수를 비롯해서 약 130그루의 배롱나무가 집단 서식하고 있다. 꽃이 피기 시작하는 여름철엔 분홍빛이 주변의 서원과 백사장, 병풍산과 어우러져 한 폭의 그림과 같다.

나는 지금도 답사지를 추천하라면 주저 없이 병산서원을 꼽는다. 철을 달리해서 가고 싶은 곳이다. 〈징비록懲毖錄〉의 저자 서애 류성룡을 만나고 싶기 때문이다. 〈징비록〉은 임진왜란이 일어난 1592년부터 1598년까지 7년간의 전황戰況을 기록한 책으로, 책 이름 '징비록'은 중국의 시경詩經에 나오는 "미리 지난 일을 징계[懲]하여 뒷날 근심이 있을 것을 삼간다[毖]"고 한 구절에서 빌어왔는데, 다시는 이 나라에 임진왜란과 같은 참담한 전쟁이 일어나서는 안됨을 후세에 알리기 위해 저술했다고 한다. 현재 〈징비록〉은 서애의 고택인 안동 하회마을 영모각에 전시되어 있다.

난세亂世에 일인지하 만인지상一人之下 萬人之上의 중책을 맡아 대소신료를 이끌며 고민했을 서애 류성룡의 내면을 느껴보고 싶다. 청백리로써 감내해야 했을 그의 무게는 오늘날의 관료들에게는 어떤 의미일까. 세월은 바뀌어도 애국애족의 목민관 정신은 이어지는 법. 그의 영정 앞에서 삼가 옷 매무새를 바로해 본다.

그런데 얼마 전 TV에서 병산의 백사장에 사륜구동의 레저 차량이 굉음을 내며 달리는 모습을 고발 보도한 적이 있다. 나 역시 다른 이들과 마찬가지로 경악을 금치 못했지만, 우째 이런 일이….

배롱나무 꽃필 적엔 병산에 가라

아무리 생계를 위한 불가피한 일이라지만, 이곳을 레저타운화한다든지 자연을 훼손하는 것은 곧 정신적인 고향을 황폐화시키는 일이다. 정신이 없는 육체는 알맹이 없는 빈껍데기에 지나지 않는다는 점을 인식한다면 정신적 고향인 이곳을 온전히 가꾸고 지켜내야 한다. 이곳을 지켜서 우리의 문화유산을 전승하는 일은 지역주민은 물론 바로 이곳을 찾는 우리 모두의 책임이다.

북촌
왕기 서린 기와집 골짜기

어릴 적
촌놈은
서울사람들은 모두
북촌마을 고래등에 사는 줄 알았다

북촌 기와집 대문은
피마자 기름칠로 번들거리고
장식이 반짝인다

잘 구워 낸 기왓장이 촌스럽지 않고
옆집 앞마당이 들여다보이지 않게
줄맞추어 서있는 품새가 위압적이다

학창시절
이 근처를 걸으면서
나도 저 기와집에서 살 수 있도록

배롱나무 꽃필 적엔 병산에 가라

꾹 꾹

성공해야지 라고 가슴에 새기고 새겼다

다 크고 나니 나의 꿈 기와집은
이미 시대에 뒤떨어진 골동품
강남에 아파트 가진 자가 부자인 시대
꿈은 사라지고

세상은 돌고 돌아 제자리로 왔다

풍수가 좋아
벼슬아치가 많았다는
이 마을에
바람이 분다

조선의 양반들이
거드름 피우며 걸었던 골목길에
값싼 웃음의 관광객이 뿌린
지폐가 날린다

가회동 골짜기
고기 굽는 냄새 날 것 같은
서슬 퍼런 기와집이

북촌의 뒷산인 북악산의 설경

날개깃을 세우고
여전히 당당하다

또 다른 욕심이 생긴다

언젠가
부자가 아니라도 좋으니
북촌에서 옛것과 더불어 살 수 있다면…

북촌은 지금의 종로구 계동, 재동, 가회동, 안국동 일대를 일컫는다. 조선조 권문세가權門勢家들이 모여 살았던 곳이다. 청계천과 종각의 북쪽에 있는 마을村이라 하여 '북촌'이라 했다는데, 안동 김씨, 풍양 조씨, 여흥 민씨, 반남 박씨 등 노론계열의 세도가들이 모여 살면서 부귀영화를 누렸던 그야말로 부촌富村이었다.

반면 남촌은 지금의 남산 아래 지역으로 주로 권력에서 소외된 선비들이나 하급관리들이 글이나 읽으며 근근히 살아가던 곳이다. 소론, 남인, 북인들이 동병상련同病相憐의 마음으로 더불어 살았던 동네라 한다.

나는 고등학교, 대학교 시절에 북촌마을 언저리에서 살았고, 감사원의 감사위원으로 일할 때는 출퇴근하며 이곳을 몇 년간 지나다녔다. 북촌마

배롱나무 꽃필 적엔 병산에 가라

을과는 남다른 인연을 가지고 있는 셈이다. 그렇다고 내가 부귀영화를 누리고 산 것은 아니다.

학창시절 북촌은 지금의 모습과 사뭇 달랐다. 낡은 기와집들이 흉물스럽게 훼손된 채 방치된 곳이 많았고, 귀신이 나올 것 같은 음산한 골목길에 인적도 드물었다. 그곳에 살며 학교 다니는 친구들은 집안형편이 좀 어려울 거라는 생각이 들 정도였다.

가회동이나 재동은 그래도 현대식 집으로 재건축해서 여전히 부자들이 제법 살고 있었지만, 팔판동 지역은 달동네가 아닌가 할 정도로 낙후되어 있었다. 나는 버스 종점이 있었던 삼청동 끝자락의 허름한 하숙집에서 살았는데, 매일 학교에 다니면서 이 주변에서 양반들이 살았다는 게 이상하게 여겨질 정도였다.

기와집 밀집지역이라서 문화재 보존지역으로 지정된 후에는 개축이나 증축이 곤란해졌고, 자연스럽게 집값은 떨어지고 이곳에 살던 사람들은 하나둘씩 강남 개발을 타고 강남이나 타지로 떠났다.

내가 초등학교 6학년 때 처음으로 서울에 와서 친척집에서 하룻밤을 묵게 되었는데, 지금 생각해보니 그곳이 바로 지금의 헌법재판소 근처에 있는 기와집 중 하나였다. 촌놈이 서울에 와서 고래등 같은 기와집을 보고 서울사람들은 다 부자인줄만 알았다. 재동초등학교 운동장에서 공놀이 하며 놀던 친척집 아들이 그렇게 부러울 수 없었다. 세월이 흘러가면서 이 지역은 오랫동안 개발이 멈춰 버렸다. 상당 기간 동안 이곳의 시간은 멈춰 있었다.

북촌 최고의 뷰포인트로 꼽히는 가회동 31번지길에서 바라본 북촌 풍경.
멀리 초록박공집은 근대문화재로 보호되고 있는 이준구가옥이다.

그러던 것이 언제부터인가 삼청동 길을 따라 기와집을 리모델링한 집들이 늘어나면서 점차 예쁜 거리로 바뀌게 되었다. 또 얼마 지나지 않아 중국 관광객들로 북적이게 되었다. 아침에 출근할 때 보면 가회동에서 감사원으로 올라가는 길 한쪽에는 대형 관광버스들이 한줄로 늘어서 있고, 조용했던 마을이 여느 관광지처럼 북적거리게 되었다. 골목길에는 중국 관광객들이 시끄럽게 떠들고 사진 찍느라 여념이 없다. 나도 모르게 눈살을 찌푸렸다. 운치 있는 마을이 갑자기 외지인들로 인해 천박하게 헐값에 팔리는 것 같은 슬픔이 밀려왔다. 제주도에서도 비슷한 느낌을 받은 적이 있다.

쾌적하고 조용한 장소들은 그 자체로 힐링이 되는 곳인데 그런 곳들이 단체 관광객들로 인해 마구 훼손되는 현장을 보노라면 우리가 소중한 것을 너무 소홀히 다루고 있지 않나 하는 생각이 든다.

북촌은 경복궁과 창덕궁 사이의 길지吉地라고 한다. 궁궐을 앉힐 때 당대의 풍수가들이 고민고민 했을 것이기 때문에 그 중간에 위치한 북촌 지역도 당연히 좋은 지역일 수밖에 없다고 보는 것이 상식이다. 실제로 실세 권력가들은 집단으로 모여 살면서 진입 통제를 했다고 한다. 거주 자격을 갖춘 자만이 이곳에서 살 수 있도록 했다는 것이다.

가회동 골짜기는 현대에 이르러서도 주목을 받아왔다. 이 골짜기에서 두 명의 대통령이 나온다는 근거 없는 풍문이 나돈다. 모 대통령 후보자가 실제 북촌 마을에서 살았었고 당선이 되었다. 언젠가 그 후보자가 살

왔던 집을 가본 적이 있는데, 집주인은 대들보에 두 명의 왕을 상징하는 글귀가 쓰여져 있다고 유달리 강조한다. 집값 올리려고 그러나 하는 생각도 들었다. 대통령이 되는 것과 관계가 있는지는 확인할 수가 없다.

아무튼 북촌은 다시 영화를 찾기 시작했다. 부동산 값이 오르고 사람들이 모여들고 있다. 길지가 다시 발복發福하는 것일까. 나도 아담한 기와집에서 화초를 가꾸고 난을 치면서 옛 선비들의 정취에 젖어보고 싶은 마음이 굴뚝같다.

퇴계녀던길
도산에서 청량산 가는 퇴계의 공부길

그림 속으로 들어가는 길
도산에서 청량산 가는 오솔길을
퇴계는 그렇게 불렀다
어릴 적 봇짐 메고 글공부 하러 다니던 길
주자가 무이산을 찾듯…
원효도 김생도 이 길에서 진리를 갈구했다

단천교-미천장담-한속담-경암-학소대-농암종택-고산정

쉼 없이 지줄대는 시내를 따라
사박사박 낙엽을 밟고
제비꽃, 계란꽃…
철따라 피는 야생화를 벗삼아
그림 속으로 들어갔다

청량산인은 굽이굽이마다 시정을 남겼다

"청산은 엇뎨하야 만고애 푸르르며
유수는 엇뎨하야 주야에 긋디 아니난고
우리도 그치디 마라 만고상청 호리라"

요즈음은 길이 유행이다. 언제부터인가 올레길, 둘레길, 산성길, ○○옛길 등 많은 이름의 길이 생겼다. 건강을 위한 트레킹 목적도 있겠지만, 복잡한 도시에서 벗어나 한적한 길을 걷고 싶은 사람들이 많아진 까닭이다. 어쩌면 사람들은 문명이 발달하고 세상이 복잡해질수록 마음 한편으로는 느리고 단순하던 예전을 그리워하는지도 모른다.

청량산은 경상북도 안동시 도산면과 봉화군 명호면에 걸쳐있는 산이다. 지리적으로 도산서원이 있는 도산면에서 가깝지만 산자락이 봉화군에 넓게 분포되어 봉화사람들은 청량산을 봉화산이라고도 부른다.

도산서원에서 청량산으로 가는 오솔길은 퇴계가 어릴 적부터 오르내리던 길이다. 퇴계 이황은 청량산을 각별히 사랑했다. 12세 때부터 숙부인 송재 이우(1469~1517)에게서 이곳(청량정사)에서 학문을 배우기 시작했고, 말년에는 〈도산십이곡〉도 이곳에서 지었다. 청량산을 '우리집산吾家

퇴계녀던길을 걷다 보면 볼 수 있는 연리지

퇴계녀던길은 낙동강과 청량산을 따라 이어진다.

배롱나무 꽃필 적엔 병산에 가라

山'이라 부를 만큼 아끼고, 스스로를 '청량산인'이라 불렀다.

나도 지인들과 함께 이 길을 따라 산행을 하며 500년전 퇴계의 발자취를 느껴보았다. 학문적 대스승이며 위대한 철학자였던 그가 걷던 길, 그가 사색하고 고민하며 심신을 정화시켰던 길, 그 길을 오늘의 나도 걸어보고 싶었다.

퇴계는 이 길을 걸으며, 자신이 '그림속으로 들어간다'고 표현했다. 멋진 표현이 아닌가. 한폭의 풍경화 속으로 들어가는 착각을 일으킬 만큼 청량산은 그림 같았다. 때 묻지 않은 자연을 함께하며 깊은 사색을 하기 좋은 길이다. 시냇물이 지줄지줄 거리고, 멧새가 벗이 되고, 이름 모를 야생화가 향기를 풍기는 길이다.

산으로 가는 중간에 마주치는 농암종택聾巖宗宅의 고풍스런 모습도 자연과 잘 어울린다. "굽어보니 천길 파란 물, 돌아보니 겹겹 푸른 산…(중략)"의 〈어부가〉로 유명한 농암 이현보(1467~1555) 선생의 고택이다.

대학선배이기도한 고택지기 종손(이성원) 집에서 하룻밤 묵은 적이 있다. 이런저런 얘기와 함께 그의 자연에 사는 즐거움을 들으며 밤을 함께 보냈다. 여름밤 이곳은 광해光害가 없는 곳이라서 별빛이 쏟아진다. 은빛 모래사장에 앉아 도란도란 거리며 세상 걱정근심 다 잊고 있노라니 영혼이 맑아지는 느낌을 만끽할 수 있었다.

안채에서 아침밥을 먹어보는 건 덤이다. 주변이 말 그대로 한 폭의 산수화라 무릉도원에서 사는 도인이 된 듯한 착각이 들 정도다. 이 집 종부

농암종택에서 종손과 함께.

는 풍모만 보아도 종갓집 맏며느리라는 걸 알 수 있을 정도로 후덕하고
온화한 기품이 몸에 배어 있다. 손님 접대로 힘들 텐데 아무런 말없이 정
성스럽게 대접하는 손길이 아름답다. 650년을 이어온 고택에서 가족들
과 하룻밤 지내보는 것도 색다른 체험이다.

　주봉인 장인봉을 오르는 코스는 노송이 우거진 길을 따라 퇴계가 즐겨
머물며 수학하던 정자인 오산당(청량정사)을 지나고, 원효대사가 창건한
내청량사(청량사 유리보전)를 거쳐 올랐다. 정상에 오르니 굽이진 낙동강과

병풍처럼 펼쳐진 청량산 줄기가 한눈에 내려다 보인다.

퇴계가 〈도산십이곡〉에서 "푸르른 산은 어찌하여 항상 푸르며, 흐르는 물은 어찌하여 밤낮으로 그치지 않는가"라고 노래한 곳이 바로 여기가 아닐까 하는 생각이 든다. 물론 선생의 가르침은 변함없는 자연처럼 인간의 학문수양도 끊임없이 계속되어야 한다는 것이었겠지만, 장인봉 꼭대기에서 아래를 내려다 보노라면 세상살이 모든 근심은 사라지고 가슴이 맑고 서늘해지는 말 그대로 청량해짐을 느끼게 된다.

퇴계가 이 길을 왜 그렇게 좋아했는지 알듯하다. 기회가 되면 다시 한 번 이 길을 걷고 싶다.

다산의 오솔길
유자와 불자가 교우하던 걷고 싶은 길

가는 길은 유자儒子의 길

오는 길은 불자佛子의 길

초당草堂에서 불당佛堂 사이의 오솔길에서

두 구도자求道者는 의기투합했다

다름을 이해하고

같음을 공유했다

연민은 같았고

의식儀式은 달랐다

찻잔 속에서 윤회輪廻를 보았고

충서忠恕를 읽었다

배롱나무 꽃필 적엔 병산에 가라

차를 구걸하는 다산茶山
세상의 이치에 목말라하는 혜장惠藏
오솔길은 그들을 연결해 주었다

오늘도
백련사白蓮寺 동백은 간절한 홍빛으로 다산을 기다린다
구강포를 붉게 물들이며…

내 고향은 강진이다. 선산이 그곳에 있기 때문에 매년 한두 번씩은 강진에 다녀온다. 시제만 모시고 올 때도 있지만 어떤 때는 지인들과 함께 강진 투어를 하기도 한다. 강진은 유홍준 선생이 그의 책 〈나의 문화유산답사기〉에서 남도답사 일번지로 지목하면서 사람들의 관심을 끌게 된 곳이다.

강진은 반도의 남쪽 끝자락에 위치하여 산과 바다가 어우러진 청정한 지역이다. 월출산 자락의 3분의 2는 강진군에 속해 있고, 강진만을 따라 바다가 펼쳐진 아름다운 곳이다. 어렸을 적엔 강진의 아름다움을 잘 몰랐다.

문화재 답사를 다니면서 이곳저곳 강진의 속살까지 살피다 보니 감춰진 강진땅의 아름다움을 새록새록 느끼게 되었다. 강진은 먹거리, 볼거리

177

다산이 강진 땅에 유배와서 처음 머물던 주막집. 맑은 생각, 엄숙한 용모,
과묵한 말씨, 신중한 행동을 마땅히 해야 한다는 뜻으로 사의재라 하였다.

다산초당은 해남 윤씨의 산정이 있던 곳으로
본래 초가집이었지만 현대에 와서 기와집으로 재건했다.
초가집이 더 다산스러운 것인데 좀 이해가 안된다.

배롱나무 꽃필 적엔 병산에 가라

가 많고 역사와 문화가 살아 숨쉬는 고장이다. 남도답사 일번지라고 불리는 이유가 있는 곳이다.

다산은 유배되어 18년 동안 이곳에 있었다. 18세기 조선 땅에 서학이 처음 들어올 때 그 중심에 있던 가문이 바로 다산 선생 집안이었다. 천주교 박해의 희생자였던 이승훈, 이벽, 정약종, 황사영 등이 모두 다산과 인척관계에 있는 인물들이다. 다산도 신유사옥 때 천주학쟁이로 몰려 형 약전과 함께 나주를 거쳐 강진 땅에 오게 되었다. 형은 흑산도로 가게 되어 우리나라 최초의 해양생물학서인 〈자산어보玆山魚譜〉를 남긴다.

다산은 묘하게도 18이라는 숫자와 연관이 많다. 18년간 공직에 있었고 18년간 유배된 후 해배되어 18년간 살다가 죽었다. 18명의 제자가 있는 것도 특이하다.

다산은 외가가 해남 윤씨로 나의 어머니와 같은 지역 사람이다. 해남 윤씨는 윤선도의 후예들로 공재恭齋 윤두서(尹斗緖, 1668~1715, 문인화가, 윤선도의 증손자이며 정약용의 증조외할아버지)와 같은 인물을 배출한 집안이다. 대학자 집안을 외가로 두었기 때문에 유배 중에도 수많은 책을 가까이 할 수 있었다.

다산초당은 해남 윤씨의 산정山亭이었던 곳으로 본래 초가집이었지만 현대에 와서 기와집으로 재건했다. 초가집이 더 다산스러운 것인데 좀 이해가 안 된다. 지금이라도 원래 모습대로 복원되었으면 좋겠다.

다산은 초당에서 목민심서를 비롯한 수많은 저서를 남겼다. 500종류

가 넘는 저작을 통해 실학사상을 사실상 완성한 대학자로서 역사에 기록
되게 된다.

다산초당에서 약 800m 떨어진 곳에 백련사라는 절이 있다. 오솔길로
30~40분 걸어가면 나오는 곳이다. 야생차가 지천으로 널려있고 백련사
가 가까워지면 동백나무 군락이 신성스럽다. 3월에 가면 땅바닥에 떨어
져 다시 피어난 동백꽃을 볼 수 있다. 장관이다. 동백은 겨울에 나무에서
한번, 3월에 땅에서 한번 피고 마음에서 한번, 모두 세 번 피어난다고 한
다. 지난 봄에 강진에 들렀을 때 땅바닥에 핀 동백꽃을 보았다. 환상적이
었다.

다산이 유배되어 있을 때 백련사에는 아암(兒菴) 혜장선사(惠藏禪師,
1772~1811)가 주지로 있었다. 한양서 온 대유학자를 보고 혜장은 새로운
세계를 알게 된다. 10살 연하인 혜장은 성리학을 알게 되면서 여태 매진
해 온 불심이 흔들리게 된다.

다산과 혜장은 첫 만남에서 주역을 논하게 되는데 혜장은 처음엔 자기
실력을 과시했으나, 다산의 '곤초육수坤初六數'*에 대한 날카로운 질문을
이기지 못하고 무릎을 꿇고 만다. 그 뒤로 다산을 스승으로 극진히 모시
며 유교와 불교사상에 대한 이해를 하게 된다.

혜장은 술병을 옆에 차고 다닐 만큼 애주가였다. 유학에 빠진 후 주지
자리도 제자에게 물려주고 뒷전으로 물러앉는다. 다산은 혜장이 보내준
차에 맛을 들인 뒤 구걸하는 신세가 된다. 초당 앞에 있는 '다조' 반석은

솔방울로 차를 끓였다는 널찍한 부뚜막이다.

오솔길은 평범한 산길이다. 그러나 유학자와 스님이 교유하던 스토리가 있어서 다른 어떤 길보다 의미 있는 길이다. 해월루에 오르면 강진만 구강포가 시원하게 보인다. 다산과 혜장이 오고가며 나눴을 대화를 생각하며 이 길을 걷노라면 선인들의 지적유희와 운치에 절로 겸손해진다.

---

*곤초육수(坤初六數)의 정확한 의미는 알 수 없지만, 나는 이렇게 이해했다. 주역 즉, 역학의 기본이 되는 음과 양은 세상을 이루는 요소로 막대 모양의 효(爻)들의 집합인 괘(卦)로 나타낸다. 양효가 세 개 중첩된 괘는 건(乾), 음의 효가 세 개 중첩된 괘를 곤(坤)이라고 한다. 그러므로 건곤은 천지 즉, 우주를 말하며 64개의 괘로 나타내고 시작(初 ; 음)도 없고 끝(上 ; 양)도 없이 변화한다. 수(數) 역시 음의 수(六)와 양의 수(九)로 변화를 표시한다. 다산이 화두로 던진 곤초육수란 '음으로 이루어진 우주, 음으로 움직이는 삼라만상의 수란 무엇이겠는가?' 하는 질문으로 해석할 수 있다. 그런 수는 존재할 수 없다. 주역의 이론에 맞지 않는 것이며, 음과 양의 조화 없이 어느 한쪽만으로는 삼라만상이 존재할 수 없기 때문이다. 주역을 논하는 자리에서 이런 질문을 던진 까닭은 유교의 교리가 옳으니 불교의 가르침이 옳으니 하는 다툼 역시 공염불이며 헛된 것으로, 두 가지 모두 공존해야 할 진리임을 일깨우는 다산의 우회적 가르침으로 해석될 수 있다.

소래습지
칠선초와 해당화가 정겨운 염전 터

황해黃海의 상선약수上善若水가 머무는 곳

흑인아이 볼기짝 같은
뻘 무덤 사이로
쉼을 찾아온 짠물이 흐르고…
수줍음에 지친 칠선초들이
편안한 곳

해풍海風 맞은 해당화海棠花가 그들을 맞는다

갈대는 소금의 땅에 드러눕고
철 잊은 철새는 무심히 세월을 낚는다
이 땅에서 100년을 해로한
소금창고는 굵은 주름을 남겼다

당나라 장수가 들어 온
물길은 그때 그 색깔 그대로,
진하다

오봉이 겸손하게 조아리는
행렬을 보기 위해
소래의 아침에 짱뚱어가 뛴다

인천의 관사에 살게 된 건 2014년 가을 무렵이다. 첫 주말을 맞아 아침 일찍 집에서 가까운 소래습지를 동네에 같이 살게 된 인하대 한상을 교수님의 안내로 산책을 한 적이 있다.

소래포구 옆에 널찍한 습지에는 덜 자란 갈대들이 널려있고 바닷물이 들락거리는 물길에는 철새들이 아침식사 중이었다. 그날은 간조 때라 물이 빠져 있어서 칠선초라는 염생식물鹽生植物이 뻘밭에 장관을 이루었다. 연한 자줏빛이 뻘밭을 덮고 햇빛에 반사되어 잔잔해 보였다.

소래습지 생태공원 _ 인천광역시 남동구 논현동에 있는 공원이다. 총 넓이는 약 350만㎡에 이른다. 이중 폐염전을 중심으로 66만㎡가 1999년 6월 개장되었다. 생태전시관은 염전창고를 개조해 만든 것으로 벌노랑이와 해당화 등 염생식물의 사진과 소금작업 광경, 소래포구의 사진 등이 전시되어 있다. 2001년 4월에는 생태학습장으로 확대하여 공원안내관과 생물벽화관·자연에너지 체험관·인천 제21홍보관·인천환경 NGO활동상황관 등이 조성되었다. 전시관 근처에 마련된 자연학습장에서는 생태공원의 식생과 염전에 관한 영상교육을 실시한다.

그날은 간조 때라 물이 빠져 있어서 칠선초라는
염생식물이 뻘밭에 장관을 이루었다. 연한 자줏빛이
뻘밭을 덮고 햇빛에 반사되어 찬란해 보였다.

습지에는 여러 갈래로 길이 나 있었다. 입구에는 여름을 지낸 해당화가 마지막 냄새로 코를 간지럽게 한다. 갈대 숲길을 따라 습지 가운데를 가로질러 가노라면 철새들과 가까이서 마주할 수 있는 은폐공간이 나온다.

옛날 이곳은 염전지대였다. 제2차 세계대전 당시 일제는 이곳에서 생산된 소금을 배에 싣고 전쟁터로 실어 날랐다 한다. 아직 6~7개의 소금창고가 군데군데 남아있다. 요즘 보기 힘든 염전의 옛모습을 서울 가까운 곳에서 볼 수 있다는 게 얼마나 좋은지 모르겠다.

'소래蘇來'라는 말은 옛날 당나라 소정방이 이곳을 통해 들어왔다 해서 붙여진 이름이라고 한다. 소래습지는 이곳에 온 이방인에게 매우 신선한 감동을 주었는데, 이러한 감동은 주변 그린벨트에 난장판으로 널려있는 불법건축물과 자재더미를 보노라면 한순간에 사라져 버리고 만다. 인천시에서 하루빨리 천혜의 자연환경을 보존하기 위해서는 습지 주변과 어울리는 개발을 해야 한다는 생각이 강하게 들었다.

인천사람들은 소래습지의 가치에 대해 서울사람들보다 낮게 평가하고 있다는 느낌도 들었다. 한 교수님은 소래습지를 2시간 정도 걸으면 건강에 아주 좋다고 말한다. 이런 분이 많지 않다는 게 문제다.

우리는 산책을 마치고 근처 콩나물국밥집에서 아침식사를 했다. 국밥에 계란 한 개 풀고, 새우젓으로 간을 해서 휘휘 저어 해장을 했다. 남부럽지 않은 3천5백원의 행복이었다. 식당 너머의 넓은 소래습지 하늘에서는 갈매기 떼들이 끼룩끼룩 날고 있었다.

홍어
코를 톡 쏘는 중독성 있는 발효식품

우리 집 명절날은 항상 홍어 얘기꽃 핀다
1년 전에도 2년 전에도 같은 꽃 피었다
매년 보는 꽃이지만 항상 예쁘다

새색시 볼연지 색깔이면 손길이 빨라지고
콘크리트 물불은 빛깔이면 눈길마저 살며시 돌아간다
삶은 돼지고기 숭숭 썰어서 토하젓 올리고
묵은 김치에 홍어 한 점 받치면 삼합三合의 오묘함이 절묘하다

눈 내리는 날 시래기에 된장 풀고 숙성된 홍어 애를
얼음 밭 뚫고 나온 보리 순과 함께 끓이면
생전 못 먹던 맛이어라
막걸리가 제 격이라 홍탁洪濁의 조화가 신비하구나
흑산 홍어 찰진 맛이 입맛을 돋우고
암모니아 화한 맛이 콧구멍을 뚫으면 대뇌가 중독되는구나

191

힘깨나 쓰는 전라도 부잣집 잔칫상에 홍어 빠지면 헛것이라
볏짚 두엄 위에서 숙성된 홍어가
화장실 냄새 난다 고개 돌리던 서울 촌놈들
이제는 없어서 못 먹는구나

흑산도 유배 갔던 정약전이 홍어 맛에 세월을 잊고
〈자산어보玆山魚譜〉 귀한 책 한 권 전했구나

올 설에도 우리 집 작은 항아리엔 흑산 홍어가
빠알갛게 익었다

홍어를 〈본초강목〉에서는 '태양어邰陽魚'라 하였고, 모양
이 연잎을 닮았다 하여 '하어荷魚', 생식이 괴이하다 하여 '해음어海淫魚'라
고도 하였다. 정약전은 〈자산어보〉에서 '분어鱝魚'라 하였고 속명을 '홍어
洪魚'라 하여 형태와 생태 및 음식으로서 소개하고 있다. 비늘이 없는 무
인류 43종 중 첫 번째를 흑산도의 특산물인 홍어로 시작하는데, 재미있는
얘기가 담겨 있다.

큰 놈은 넓이가 예닐곱자 안팎으로 암놈은 크고 수놈은 작다. (중략) 두
날개에 가시가 있어 암놈과 교미할 때 그 가시를 박고 교합한다. 암놈이 낚

시 바늘을 물고 엎드릴 적에 수놈이 이에 붙어서 교합하다가 낚시를 끌어 올리면 나란히 따라 올라온다. 이때 암놈은 먹이 때문에 죽고 수컷은 간음 때문에 죽는다고 말할 수 있는데 음란한 것을 탐내는 자의 본보기가 될 만하다.

톡 쏘는 맛이 나도록 삭혀서 막걸리를 곁들여 먹는 '홍탁洪濁'이 가장 유명하며, 전남 서남해안 지방에서는 잔치음식에 삭힌 홍어가 거의 빠지지 않는다. 이른 봄에 나는 보리 싹과 홍어 내장을 넣어 '홍어 앳국'을 끓이기도 하며, 회, 구이, 찜, 포 등으로 먹기도 한다. 싱싱할 때 먹으면 제 맛을 느낄 수 없다. 항아리에 볏짚이나 한지로 싸서 넣고 뚜껑을 덮어 따뜻한 곳에 두면 3~5일만에도 잘 숙성이 된다.

절대식감 대장금은 홍어의 맛을 이렇게 표현했다.

"마마님! 자꾸 씹으니까 맛이 납니다. 육질이 차지고, 처음에는 코끝이 찌~ㅇ 하다가 그다음엔 입안이 상쾌해지고 그 끝맛은 청량합니다."

9kg 짜리 흑산 홍어가 대략 65만원에서 70만원 나간다. 한때는 흑산도 근해에 홍어 씨가 말라 값싼 칠레산을 수입하기도 했다. 하지만 칠레산은 색깔이 거무스름하고 육질 역시 거칠어 국내산 홍어와는 비교가 되지 않는다. 품귀현상으로 가격이 천정부지로 솟았다가 최근에는 많이 안정되었다.

홍어삼합은 삭힌 홍어와 삶은 돼지고기, 묵힌 김치를 적당한 크기로 썰어
함께 낸 것이다.

배롱나무 꽃필 적엔 병산에 가라

암컷이 맛이 좋아 비싼 값을 받을 수 있기 때문에 어부들이 잡자마자 수컷의 '거시기'를 떼버린다. 그래서 '만만한게 홍어 × 이냐' 하는 말이 생겨났다고 한다.

숙성된 홍어는 강알칼리성으로 항암효과가 뛰어나고 관절염, 류마티스, 숙취해소, 피부미용, 감기, 장청소 등에 효험이 있다고 한다.

호남사람들만 먹던 지역음식에서 이제는 많은 이들이 찾아 전국적인 먹거리가 되었다. 부패한 것 같지만 오히려 장을 좋게 하는 유익한 균이 있어 먹어도 뱃속이 편하다. 한번 먹게 되면 중독성이 있어 다시 생각나는 음식이다. 글을 쓰는 이 순간에도 코끝이 찡해오며 입안이 화해지며 침이 고인다.

모란장
잊혀져가는 옛 정취를 느낄 수 있는 곳

"뻥이요"
뻥튀기 아저씨 고함소리

"애들은 가라"
각설이 품바의 목 눌린 쉰소리

"떨이요 떠리"
과일 장사 아줌마 야무진 소리

4자 든 날, 9자 든 날
모란장 선다

슈퍼에서 보기 힘든 것들이 눈을 즐겁게 한다

털이 보송보송한 병아리들
갓 태어난 강아지 형제들

귀 세운 토끼 자매
철망 속의 십자매
빨간 고무다라이엔 지네가 버글버글
물방개가 숨을 곳을 찾아 분주하다
천식에 좋다는 싱싱한 수세미도 보인다

두리번 거리다보면
지글지글 부침개
뽀골뽀골 팥죽수제비가 입맛을 당기고
동동주로 목을 축인다

그나마 팍팍한 도시생활과 다른 풍경
옛날 장터의 흔적은 있으되
요즈음 모란장엔
뭔가 사라지고 없다

장날이면 내 것을 팔고
그걸로 필요한 것 사오던 시절
새끼줄에 고등어 서너 마리
대롱대롱 매달고 돌아오던 길
해는 서산에 뉘엿뉘엿 한데
할아버지 걸음은 한잔 술에 비틀거린다

모란시장 품바

밥 짓는 연기가 모락모락
피어 오를 때쯤
마을 어귀에 들어서면
싸리문으로 가는 발걸음이 흥겹다
평상엔 이미 솔지와 열무김치가 올라 있다

추억의 장은 어디로 가고
다이소 가면 싸게 살 수 있는 물건들이
감동 없이 자리를 차지하고
사소한 행복걸이가 떠난 지 오래이다

돈 세는 소리만 요란하다

모란장에
언제쯤 다시
행복바이러스가 창궐할까…

삭막한 도시에도 사람냄새 풍기는 곳이 있다. 전통적으로 5일
장이 열리는 모란장. 아주 옛날의 장터 모습은 아니라도 아파트촌에서 볼
수 없는 정겨운 것들을 많이 볼 수 있다.

모란장은 성남 구도심과 분당 신도시의 경계 지역에 있는 전통시장으로 시골 5일장 중에서는 제법 큰 편에 속한다. 매월 4일과 9일이 든 날에 장이 서는데 나도 가끔씩 장날이면 들러보곤 한다. 딱히 무엇을 사려는 것보다는 그 옛날의 추억을 더듬어보고 싶기 때문이다.

모란장엔 슈퍼나 백화점에서 볼 수 없는 것들이 많이 있다. 참기름 냄새가 고소한 기름집을 비롯해 보신탕집, 토끼·강아지·고양이·새·지네·자라·물고기 등을 파는 가게, 어디 볼거리뿐인가. 팥칼국수, 순대국, 닭튀김, 모듬전, 찹쌀도넛, 새우튀김, 만두와 찐빵 등 먹거리도 다양하다.

나의 어머니는 분당에 살고계시는데 모란장을 자주 찾으신다고 한다. 이유인즉, 집 근처의 대형마켓에서 구입하기 어려운 것도 많고 모란장의 물건들이 더 싱싱하고 물건 값도 상대적으로 저렴하기 때문이라고 하신다. 하지만 그보다도 어머니는 모란장에 가면 사람 사는 활기참이 있고, 젊은 시절의 맛과 향수를 느낄 수 있어 좋다고 하신다. 시장에서 장사꾼들과 흥정도 하고 얘기를 나누고 온갖 풍물들을 구경하다가 장터국수라도 한 그릇 사먹을 때면, 어느새 세상 걱정이나 시름은 사라지고 더욱 열심히 살아야겠다는 맘가짐을 갖게 되신다고 한다.

나는 어릴적 여름방학 때면 고향 강진의 동령마을 할아버지 댁을 가곤했다. 성전 장날이 되면 할아버지 뒤를 따라 10리쯤 떨어진 장터까지 걸어갔다. 기억속의 넓은 들판은 시원스러웠고 싱그런 아침햇볕은 따가웠다. 가끔씩 시외버스들은 신작로의 흙먼지를 일으키며 지나쳐 갔고 그때

모란장엔 슈퍼나 백화점에서는 볼 수 없는 것들이 많이 있다.
참기름 냄새가 고소한 기름집을 비롯해
토끼 · 강아지 · 고양이 · 새 · 지네 · 자라 · 물고기 등을 파는 가게,
어디 볼거리뿐인가.

배롱나무 꽃필 적엔 병산에 가라

마다 할아버지는 어린 나를 가슴에 품고 길가로 돌아서셨다. 함께 길을 나선 동네 이웃 할아버지는 장에 내다팔 숫소의 고삐를 꼭 쥐고 계셨다.

정지용의 '향수'가 생각난다.

넓은 벌 동쪽 끝으로 옛이야기 지줄대는
실개천이 휘돌아 나가고 얼룩빼기 황소가
해설피 금빛 게으른 울음을 우는 곳
그곳이 차마 꿈엔들 잊힐리야

정지용이 살았던 충청도 어느 마을 풍경도 동령마을 앞 들판과 비슷했던 모양이다.

들판엔 벼들이 깃을 세우고 알갱이들은 제법 굵었다. 농약 냄새와 풀내음이 코를 간지럽힌다. 시인은 자연 속에서 탄생하는가보다. 인간이 만들지 않은 모든 것들이 아름답게 보인다. 어린 나이에도 그렇게 보였다.

한참을 걷고 나면 장터에서 송아지 울음소리가 애처롭게 들리고 벌써 사람들이 북적거린다. 갓 따온 싱싱한 애호박, 늙은 오이, 앙증맞은 수박덩이, 야채가게 앞을 지나면 공산품 가게들이 즐비해 있다. 배가 고파오는 걸 보니 벌써 점심때다. 할아버지는 주막에 들르신다.

"여기 탁주 한 주전자 내오게."

"전 부스러기와 국밥도 한 그릇 주시고…."

북적이는 선술집 안쪽에서 대답소리가 나는가 싶더니 금세 막걸리 주전자가 날라져 온다.

할아버지는 노란색 양은 주전자에 가득 든 막걸리를 찌그러진 대접에 따라서 한잔 벌컥벌컥 들이키신다.

"캬, 시원허다."

어린 나는 침을 꼴깍 삼키며 바라봤지만 할아버지는 깍두기 한 점을 집어 아작아작 안주로 드실 뿐이다.

나는 호박전과 파전이 조금만 늦게 나왔어도 참지 못하고 짜증을 냈을 것이다. 기름기 번지르르한 호박전과 파전을 게 눈 감추듯 먹어 치우고 국밥까지 뚝딱 한그릇 해치우고 나니 그제서야 시장기가 사라졌다.

할아버지가 그때 국밥을 드셨는지 어쨌는지는 기억이 나지 않는다. 다만 할아버지가 나를 바라보시며 빙그레 웃던 모습은 지금도 생생하다.

할머니가 사오라 부탁하신 고등어며 생활용품들을 챙기고서 이곳저곳 기웃거리다보면 해는 서산으로 뉘엿뉘엿 넘어가고, 파는 이들이나 사던 사람이나 짐꾸러미를 꾸리기 시작한다. 파장(罷場)이다. 얼큰해진 할아버지 손을 이끌고 왔던 길을 되짚어 집으로 돌아오는 발걸음은 무거웠다.

아마도 내가 칭얼댔을 것이다. 나를 등에 업고 짐꾸러미를 들고 할아버지는 노랫가락을 흥얼거리셨다. 할아버지의 등에서는 쉰 땀 냄새가 났고 나는 잠이 들었다.

붉은 해가 산 너머로 사라지고 어둠이 내려앉을 때쯤 마을 입구에 들어섰고 나도 할아버지가 힘들까봐 등에서 내려섰다. 멀리 뵈는 초가집들의 굴뚝에서는 밥 짓는 연기가 모락모락 피어오르고 있었다.

배롱나무 꽃필 적엔 병산에 가라

밭일 나갔던 동네 어른들도 농기구를 이고지고 집으로 향한다. 인사를 건네며 지나치는 발걸음이 여유롭다. 하지만 어린 나는 곰삭길에 들어서자 어찌도 그리 발걸음이 가벼운지 할아버지를 뒤로하고 냅다 뛰어서 싸릿문으로 뛰어든다. 할머니는 마당 가운데 있는 평상 위에 팥수제비 반찬거리로 솔지(부추김치의 전라도 사투리)에다 묵은 김치를 벌써 올려 놓으셨다. 녹슨 철제 화덕에서는 수제비 익는 냄새가 진동했다.

그림처럼 지나가는 내 어린 시절 할아버지 댁에서 경험한 장날의 추억이다. 모란장에 가는 날이면 그런 걸 느껴보고 싶었다. 불행하게도 느낌은 예전과 달랐다. 주차전쟁, 값싼 중국제 공산품, 현대화된 먹거리 같은 것들이 옛 정취를 반감시키는 아쉬움이 있다. 그래도 아직까지 향수어린 옛 풍경들이 쏠쏠하게 남아 있어서 다행이다. 사람냄새 나는 장터, 정형화되지 않은 상품들, 다시 찾고 싶은 시장. 모란장이 그렇게 되었으면 좋겠다.

맹꽁이
멸종위기의 한국적인 개구리

강江의 남쪽에 맹꽁이 한 마리가 살고 있다
피부는 매끄럽고 촉촉하며 몸집은 작고 아담하다

웅덩이를 벗어나 보지 못해 호숫가는 두려워한다
낯을 가려서 다른 개구리들과는 잘 어울리지 못한다
지기를 싫어해서 개구리들로부터 독종 소리를 듣는다

주로 밤중에 먹이 사냥을 하고 별로 잠이 없다
요즈음엔 살이 빠져서 걱정이다
더불어 살만한 짝도 찾지 않는다
맹꽁이는 마음먹은 대로 저지른다

그런 맹꽁이에게도 희망이 있다
북쪽 바다의 곤鯤이 변해서 붕鵬이 되는 꿈을 꾼다
호숫가에서 보란 듯이 헤엄칠 수 있기 위해 운동도 열심히 한다
그래서 항상 정신줄을 놓지 않고 삶에 대한 강한 의지를 불태운다

207

격정스러운 것은 맹꽁이가 사는 웅덩이가
점차 오염되어 가고 있는데도 잘 모르는 것 같다는 점이다
탁류濁流에 맹꽁이의 영혼이 흐려질까 걱정이다

맹꽁이가 서식지를 바꾸고 건강하게 살면서
소요유逍遙遊의 자유를 느낄 수 있기를 바래본다

〈장자莊子〉 내편內篇 첫머리가 '소요유逍遙遊'다.
  '소요유'란 무위자연無爲自然을 주창한 장자사상의 핵심어인데 무언가
에 얽매이지 않고 마음이 가는대로 자유롭게 거닐듯 사는 삶을 지향하는
말이다.
  그렇다고 해서 목적없이 떠도는 보헤미안적 삶이나 계획성 없이 인생
의 시간을 낭비하는 논다니(?)의 삶을 살라는 말이 아니다. 내 안의 아집,
편견, 기존의 잣대, 사회적 관습 등 정해진 틀에 얽매이지 말라는 뜻이다.
정신을 자유롭게 함으로써 이전의 보지 못했던 진실이나 생각, 가치 등을
발견하게 된다는 것이다. 일정한 틀을 벗어나 초월적인 관점을 가져볼 것
을 권하는 것이 소요유 사상이다.

배롱나무 꽃필 적엔 병산에 가라

"북쪽 바다에 물고기가 있었으니 그 이름을 곤鯤이라 했다.

곤의 크기는 수 천리나 되어서 얼마나 큰지 알 수가 없었다. 곤이 변해서 새가 되었는데 그 이름이 붕鵬이다.

붕의 등은 수천 리나 되어서 얼마나 넓은지 그 크기를 알 수가 없으며 솟 구쳐 하늘을 날면 붕의 날갯죽지는 하늘을 드리운 구름과 같다.

이 새는 바다가 출렁이어 큰 바람이 일면 남쪽 바다로 날아간다. 남쪽 그 곳은 하늘만큼 크나큰 연못인 천지天池이다."

'붕'은 소요유의 주인공이다. 우리가 가지고 있는 액자 틀 속의 사고를 벗어나서 천방과 자유와 해탈을 만끽하는 소요유다. 붕은 바람을 타고 구 만리 상공을 난다. 한 치의 망설임도 부자연스러움도 없다. 한번 바람의 기운을 탄 붕새는 날갯짓에 거침이 없다 . 유유자적 날아가는 붕새는 사 소함의 굴레와 경계들을 단번에 뛰어넘어 대자유를 누리는 자의 꿈을 표 상한다.

맹꽁이도 붕새가 되는 꿈을 꿀 수 있다. 대자유를 누리기 위해서는 현 실조건을 뛰어넘어야 한다. 그 조건을 넘기 위해서는 시련과 고난이 따른 다. 맹꽁이가 현실에 안주한다면 머지않아 오염된 물속에서 돌아오지 못 할 강을 건너게 될 것이다. 그러나 변화와 초월의 바람을 타고 신명나게 산다면 그 꿈이 이루어질 수 있다고 장자는 2350년 전에 설파하고 있다.

어비계곡
물고기 날아다니는 서울 근교의 한적한 계곡

스트레스 쌓일 땐
물고기들 날아다니는 어비계곡으로 떠나자

도심 벗어나면 곧 자연 속으로
찾는 이 적어 계곡엔 새소리만
발 시린 물속에 갈 길 바쁜 물소리만
계곡엔 찬 서리만 서늘하다

짜증나게 하는 덜떨어진 사람도
목줄 잡고 있는 상사도
메말라 버린 사랑도
경쟁에 지친 땀방울도
내 몫에 혈안이 된 충혈도
남 얘기에 공범이 된 범죄자도
삼각관계 늪 속 허우적거림도

배롱나무 꽃필 적엔 병산에 가라

내일에 대한 두려움도
머리를 어지럽히는 불순물도
삶을 괴롭히는 악성 바이러스도
…
…

이곳엔 안 보인다
보이지 않을 만큼 자연이 풍부하다
여기서 던져 버리자

원시림 시절부터
이곳에 왔고
중독증은 다시 이곳을 찾게 했다

이곳엔 마약 같은
꼬드김이 있고
둥지 같은 아늑함이
나를 유혹한다

골치 아프고
생각하기 싫을 때
나만의 시간이 필요할 때
던져 버리러 가자

어비계곡으로

광해로 찌든 밤하늘은 가라
오롯이 함께할 별들만 오너라

나의 원시의 고향으로

많은 계곡 이름 가운데 왜 하필이면 '어비계곡'인가.

아주 오래 전 나는 가족들과 우연히 어비계곡을 찾아 하룻밤을 지낸 적이 있다. 무엇보다도 물이 차고 깨끗했다. 사람들도 별로 없었고 펜션이나 민박도 몇 집이 안 되던 때였다. 설악산이나 지리산 계곡처럼 깊고 물도 많은 그런 곳도 아니었다. 서울에서 차로 1시간 반이면 갈 수 있는 곳에서 때 묻지 않은 쾌적한 계곡을 발견하고서는 얼마나 즐거웠는지 모른다. 여름철인데도 손이 시릴 정도로 물이 차가웠다.

유명산과 용문산 줄기의 어비산에서 내려오는 계곡은 가평군 설악면 가일리 끝에서 양평군 옥천면 용천리까지 3km 정도에 이른다. 작은 계곡치고는 물이 많고 물고기도 많아 계곡에서 물고기가 뛰어노는 모습이 마치 날아다니는 듯 보인다 하여 '어비魚飛계곡'이라 했다고 한다.

어비계곡은 유명산계곡과 어비교에서 합쳐져 사기막천을 거쳐 남한강

어비계곡은 유명산과 용문산 줄기의 어비산에서 내려오는
가평군 설악면 가일리 끝에서 양평군 옥천면 용천리까지 3km에 이른다.

으로 흘러든다. 계곡의 시작은 '어비산 어비계곡'이라 쓰인 현판을 지나면서부터이다. 어비교 옆으로 '가일리미술관' 이정표가 서있고, 곧이어 '가평군 지정 어비계곡 문화마을'이라는 입간판이 나타난다. 이곳에서부터 계곡 곳곳에 펜션들과 물놀이장이 들어서 있다. 어비계곡의 상류를 넘으면 양평 갈현마을에 닿는다.

우리가 묵었던 곳은 아주 아담하고 나지막한 지붕을 한 예쁜 펜션이었다. 집 앞에 바로 계곡물이 흐르고 있어서 발을 담갔는데 1분도 견디기 어려울 지경이었다. 산천어가 보일 정도로 청정하고 하류지역은 제법 넓은 공간이 있어서 물놀이 하기에도 좋은 곳이었다. 밤이 되자 천지가 깜깜해지고 별이 쏟아질 듯 하늘을 수 놓았다. 정말 숨겨두고 가끔 오고 싶은 곳이었다.

당시의 좋았던 기억이 떠올라 얼마 전 모처럼 다시 이곳을 찾았다. 하지만 입소문을 타서인지 예전의 한적함은 찾아볼 수 없었다. 많은 펜션들이 들어오고 찾는 사람들도 많아 보였다. 수량은 예전보다는 많이 줄어 있었다. 산골마을에 위치한 닭볶음탕집이 맛집으로 알려지면서 찾는 이들이 더욱 많아졌다고 한다.

상상속의 무언가가 현실에서 맞아떨어지지 않았을 때의 당혹스러움이랄까, 한편으로 아쉽기도 하고 씁쓸한 여운이 남는다. 하지만 이건 순전히 나만의 욕심이다. 아직도 이곳은 많은 이들이 도심의 복잡함을 벗어나 잠시라도 쉬어가기에 더없이 좋은 곳이다. 도심에서 이토록 멀지않은 곳에 자연의 쉼터가 남아있다는 것만도 고마운 일이다.

　다만 나처럼 희미한 옛사랑의 그림자를 찾듯 다시 찾는 이들이 많아지려면 이곳을 더욱 가꾸고 보존해야 한다. 계곡의 이름처럼 산천어들이 날아오르는 모습을 볼 수 있도록 말이다. 그런 날이 오면 어비계곡의 밤하늘도 쏟아지는 별빛으로 더욱 아름다울 것이다.

내금강 답사기
금강의 속살을 찾아서

반세기를 돌아 금강산 찾아가니
잣나무 소나무 빛깔은 그대로인데
예전 사람의 낯빛은 온 데 간 데 없으니
누굴 불러 옛 이야기 나눌가나
아서라
금강산 올라보니 천지 산이 저만치 밑이라
같이할 이 없어도
바람과 구름과 물과 나무와 산이 함께하니
세상 아쉬움이 없더라

겸재 정선의 〈금강전도〉.

백천동 곁에 두고 만폭동 들어가니

은 같은 무지개 옥 같은 용의 초리

섯돌며 뿜는 소리 십리에 잦았으니

들을 때는 우레더니 와서보니 눈이로다

정철이 관동별곡에서 금강산의 만폭동을 묘사한 부분이

다. 예로부터 금강산은 시와 그림, 노래 등을 통해 다양하게 예찬되어 왔
다. 방랑시인 김삿갓으로 불리는 김병연(1807~1863)을 비롯해 조선시대의
율곡 이이, 고려시대의 학자 익제 이제현, 신라시대의 최치원에 이르기까
지 많은 선현들이 금강산의 아름다움을 글로써 예찬했다. 어디 글뿐이랴.
정선의 '금강전도', 김홍도의 '금강4군첩', 이인문의 '단발령망금강산도',
김윤겸의 '금강산화첩', 김규진의 '금강산도'와 같이 그림으로 예찬되기
도 하고, 이은상 작사 홍난파 작곡의 '장안사', 최영섭의 '그리운 금강산'
등의 가곡과 , 강소천 작사 나운영 작곡의 동요 등은 지금도 널리 불려지
고 있다. 근대에 이르러 최남선의 '금강예찬', 이광수의 '금강산유기'가
유명하고, 정비석의 '산정무한'이 교과서에 실리기도 했다. 최근에는 유
홍준의 '나의 북한문화유산답사기'를 통해서 금강산의 아름다움과 유적
지에 얽힌 유래가 재미있게 소개되기도 했다.

지난 2007년 5월, 분단 이후 처음으로 북한의 내금강이 남한의 우리에게도 개방되었다. 기회가 되어 시범관광단의 일원으로 2박3일간 금강산의 모습을 볼 수 있었다.

기대와 설레임이 컸던 탓일까. 막상 보고 난 후의 감동은 그리 크지 않았다. 그도 그럴 것이 편안한 마음으로 자연 그대로를 보고 느낀 것이 아니라 제한된 시간 속에서 철저한 통제와 안내에 따라 보는 금강산은 책과 그림, 마음속에서 그려보던 금강산과는 거리가 있었다. 어쩌면 그건 보는 이의 탓인지도 모른다. 마치 수십 년이 지난 뒤에 우연히 마주친 첫사랑의 얼굴을 보고 실망한 기분이랄까. 하지만 첫사랑은 현실이 아닌 추억 아닌가. 어찌 세월의 자국을 비껴갈 수 있을 것인가.

금강산 역시 그러했다. 큼지막한 너럭바위마다 새겨진 체제 옹호의 흉물스런 낙서자국을 지우고 보면 금강산은 노랫말처럼 여전히 아름다운 금강이었다. 수많은 기암절벽과 봉우리, 굽이굽이 휘감아 도는 계곡과 맑은 물, 그건 분명 화려한 금강산에서만 볼 수 있는 절경이었으니까.

그 옛날 금강산을 구경 간다고 하면 그건 당연히 내금강을 보러 간다는 말이었다고 한다. 위치상으로 동해안 쪽을 외금강이라 하고 내륙 쪽을 내금강이라 한다. 외금강은 생김새가 씩씩하고 기기묘묘하여 남성적인 반면, 내금강은 산세가 아기자기 하고 포근하여 여성적이라는 소리를 듣는다. 내금강에 사찰이 많은 것도 이와 무관치 않다. 금강산 4대 사찰 중 장안사, 표훈사, 유점사가 이곳에 있는데, 절터 잡기가 좋고 접근성이 좋

배롱나무 꽃필 적엔 병산에 가라

금강산 바위에 새겨진 낙서.

기 때문이었을 것이다.

　내금강을 한마디로 표현하자면 남한에서 볼 수 있는 소금강의 '확대판'이라 할 수 있다. 일찍이 소금강이란 이름은 조선시대 학자 율곡 이이李珥의 〈청학산기靑鶴山記〉에서 유래한 것으로, 빼어난 산세가 마치 금강산을 축소해 놓은 것 같다고 하여 붙여진 이름이지만, 과연 규모의 크고 작음만 다를 뿐 소금강과 내금강은 그 산세와 수려함이 서로 닮아 있었다.

　외금강에서 내금강으로 가려면 온정령(859m)을 넘어야 한다. 온정령은 행정구역상으로는 강원도 고성군과 북한의 금강군을 잇고, 금강산의 외금강과 내금강을 잇는 중요한 고개이다. 이 고개는 본래 너무 가파르고 꼬불꼬불해서 앞에 올라가는 사람의 발뒤꿈치가 뒷 사람의 이마를 칠 정도였다고 한다. 고개 마루까지는 꼬불꼬불 106굽이나 된다고 하는데 과연 버스를 타고 지나는데도 어지럼증이 생길 정도였다.

온정령의 정상에서 바라보는 동서쪽은 금강산의 식물원이라 불릴 만큼 사계절 내내 꽃과 단풍이 만발하는 천혜의 아름다운 곳이라고 한다. 우리 일행은 안내원의 설명을 들으며 버스 차창으로만 구경할 수밖에 없어서 큰 감흥을 느낄 수는 없었다.

온정령에 얽힌 이야기로는 '이화동'과 '만냥골'의 전설이 있고, 토정비결의 저자로 유명한 토정 이지함이 임진왜란이 일어나기 20여 년 전, 이곳 온정령에서 꿈을 꾸어 왜구의 침략으로 국토가 유린될 것임을 미리 경고했다는 이야기가 전해진다.

온정령을 넘으니 비포장길이 나타난다. 남한 손님들을 맞는다고 군데군데 개보수한 흔적이 보인다. 중장비가 없어 북쪽 인민들을 동원해서 돌도 깨고 흙을 퍼올려 평탄케 했다고 한다. 콘크리트 구조물이라곤 보이지 않는 논두렁 밭두렁이 평화롭게 보인다. 가끔 황소가 풀을 뜯고 있는 모습이 정겹다.

마을을 지날 때마다 마을 어귀에 한 명씩 장승처럼 서있는 인민군 병사의 모습이 애처로워 보인다. 태어나서 처음 보았을지도 모를 버스 행렬이 신기하게 보였을 것이다. 150명의 시범관광단이 내금강을 가는데 필요한 장비와 준비물은 무척이나 많았다. 33인용 관광객 수송 버스 5대 이외에 많은 차량이 이동했다.

우선 내금강에는 식당이 없기 때문에 음식을 실은 냉장차 1대가 동원되었다. 점심은 뷔페식으로 표훈사 절 근처에서 간이 천막을 치고 먹었다. 이를 위해 간이 의자, 식탁, 천막 등을 실은 6톤 트럭이 따라붙었다. 행사를 준비할 인부들과 간호사 등을 태운 차량이 1대, 사고가 났을 경우에 대비하여 견인 차량이 1대, 고장에 대비한 예비 버스 1대, 북쪽 선도 차량 1대, 이렇게 해서 총 11대의 차량이 꼬리를 물고 조용한 금강마을을 지나갔다. 비가 오지 않는 날은 먼지로 인해 앞이 안보일 정도라고 하는데 그 날은 약간의 비가 왔기 때문에 다행히 쾌적하게 이동할 수 있었다.

버스로 한참을 달렸는데 마을 어디에서도 북쪽 사람들을 볼 수 없었다. 남쪽 관광객과 북쪽 사람들이 접촉할 수 없도록 미리 조치한 듯하다. 일정한 거리를 두고 서있는 병사들은 남쪽 행렬이 아닌 북쪽 사람을 경계하기 위해 서있는 모양새였다.

단풍마을을 시작으로 모양이 똑같은 '사회주의 주택'들이 열댓 가구씩 옹기종기 모여 있는 마을들을 몇 개인가 지나서 제법 큰 도시로 들어섰다. 금강읍이라 했다. 잿빛 건물과 거리 등이 마치 우리의 60년대를 연상시키는 영화 세트장 같다. 금강산 철도의 종착역이 있는 곳이라고 한다.

잠시 숨을 고르고 다시 2시간 가량을 달려 내강리의 등산로 입구에 도착했다. 시간이 그리 경과했는지 몰랐던 것은 차량에 동승한 온정리 태생의 여성 해설원의 재미난 입담 덕분이다. 그녀의 익살스런 말투와 제스처는 달리는 버스의 속도보다 빠르게 시간을 흘려 보냈다.

표훈사 반야보전.

　등산로 입구에 도착해보니 남쪽 관광지에서 흔히 볼 수 있는 기념품 가게나 음식점이 단 한 곳도 없었다. 단지 조용하고 한적한 산자락 초입일 뿐이다. 가만히 귀 기울이니 어디선가 계곡 물소리가 들려온다. 바라보니 울창한 잣나무와 소나무 숲의 끝이 바람에 살랑 거릴 뿐이다.

　만폭동의 입구에 표훈사가 있다. 신라 문무왕 10년(670) 표훈선사가 창건했다고 하지만, 실은 신라 진평왕 20년(598) 관륵과 융운 등이 창건했다. 원래 20여 채의 건물로 이루어졌던 표훈사는 한국전쟁 때 상당 부분

배롱나무 꽃필 적엔 병산에 가라

소실되었고 현재 북한측에 의해 반야보전과 영산전이 복원되어 있다. 그 밖에 명부전, 칠성각, 어실각, 능파루, 판도방 등이 있다.

표훈사에는 김삿갓이 지었다는 시 한 수와 함께 그에 얽힌 일화가 전해진다.

금강산을 이웃집 드나들듯 하던 풍자시인 김삿갓이 어느 날 내금강 만폭동을 찾아가기 위하여 표훈동 골 안에 들어섰다. 때는 무더운 여름철이라 능파루에 올라 땀을 식히고 다리쉼도 좀 하고 가자고 생각하면서 걸음을 다그쳤다. 그가 표훈사교(함영교)에 이르니 능파루에 웬 사람들이 가득 모여앉아 떠들썩 놀아대고 있었다. 때마침 마주 오는 중이 있어 그에게 물으니 글깨나 한다는 양반 관료들이 둘러앉아서 한창 글짓기 내기를 하고 있다는 것이었다. 원래 다락에서 좀 쉬어가자고 하던 차에 글짓기 내기를 하고 있다니 그에게 있어서는 더 한층 호기심이 동하였다.

김삿갓이 능파루의 2층 다락에 올라가서 한쪽 난간에 몸을 기대고 가만히 엿들어보니 천하명승 금강산을 노래한다는 시들이 모두 앞뒤가 맞지 않는 허황한 빈 소리뿐이어서 어느 한 수도 마음에 드는 것이 없었다. 더욱이 그들이 노는 꼬락서니를 보니 제법 현명한 체 하는 양반은 침묵을 지키고 있고 어떤 양반은 눈을 지그시 감고 시상이 떠오르지 않아 명상에 잠겨 있는가 하면 또 어떤 양반은 남의 글이나 따서 금강산의 풍경 모사에 모대기고 있고, 어떤 양반은 시에 무식한지라 금강산의 자연미를 모독하는 시까지

지어 읊고 있었다.

　가소롭게 여기던 김삿갓은 금강산의 절경을 모독하는 시구가 나오자 더
는 참지 못하여

　"퉤!"

　하고 침을 뱉고는 다락에서 내려오고 말았다.

　김삿갓은 만폭동을 향해 능파루의 동쪽길로 들어서자 정양사 골 안에서
맑은 물이 흘러내리고 있었다. 그는 빈정대는 투로

　"나는 푸른 산이 좋아 찾아가는데
　푸른 물아 너는 어찌하여 내려오느냐."

　이렇게 즉흥시 한 구절을 큰소리로 읊었다.

　그러자 누각 위에서 누군가가 고함치는 소리가 들려왔다.

　"여봐라! 저 걸인 같은 이가 보통 사람 같지 않으니 당장 불러들이라."

　김삿갓이 뒤를 돌아보니 중이 다가와서 하는 말이 누각 위의 어느 한 양
반이 부른다는 것이었다. 김삿갓이 되돌아서 누각 위에 올라가니

　"당신은 글을 지을 줄 아는가?"

　하고 한 양반이 물었다.

　"글을 지을 줄은 몰라도 부를 줄은 알지요."

　하고 대답하니 그 양반이 또다시

　"그러면 한 수 불러보시오."

배롱나무 꽃필 적엔 병산에 가라

라고 하였다. 김삿갓은

"그러면 내 부르는 대로 받아쓰시오."

이렇게 말하고는 뜸들이지도 않고

"앞의 저 소나무를 가리키는 글자가 있소? 있으면 같은 글자를 두 번 쓰시오."

양반이 있다고 대답하고 소나무 '송松'자를 두 자 쓰자 이번에는 김삿갓이 잣나무를 가리키며 역시 해당하는 글자를 나란히 쓰라고 하였다. 이어 바위를 가리키는 글자가 있으면 두 자를 더 쓰라 하고 그 아래에 돌아간다는 글자를 한 자 덧붙여 쓰라고 하였다. 그런 다음 같은 방식으로 줄을 바꾸어서 산과 물을 가리키는 글자, 이곳저곳을 가리키는 글자를 각각 두 자씩 나란히 쓰게 하고는 기이하다는 뜻을 가진 글자가 있으면 하나 덧붙여 쓰라고 하였다. 영문도 모르고 여기까지 받아쓰고 난 그 양반은 그만 화를 벌컥 내며

"여보 내가 시를 부르라고 했지 언제 이런 글자들이나 부르라고 했소."

하고는 붓을 집어 던졌다.

김삿갓이 빙긋이 웃으며

"이렇든 저렇든 내 글 잘하는 양반네들과 시흥을 한번 즐겨 보았으니 오늘 금강산 구경은 재미있게 된 셈이요."

하고는 그냥 금강문 쪽으로 사라졌다. 능파루 누각에서 김삿갓이 걸어가는 뒷모습을 멍하니 바라보고 있던 양반들은 모여앉아 김삿갓이 불러준 글을 읽어보니 과연 금강산의 절경을 노래한 걸작이었다.

松松栢栢岩岩廻

水水山山處處奇

(소나무 소나무 잣나무 잣나무 바위 바위를 돌아서니

물물 산산 가는 곳마다 신기하구나)

- 〈문화원형백과 천하명산 금강산〉(2004, 한국콘텐츠진흥원)

표훈사의 중심 건물인 반야보전 앞에 서서 보니 물안개가 공중을 맴돌고 신선이 놀 것 같은 오선봉이 지척에 보인다. 금강문을 지나자 이름으로만 듣던 만폭동이 보인다. 육당 최남선은 '금강예찬'에서 만폭동을 이렇게 극찬했다.

"금강산은 보고 느끼거나 할 것이요, 형언하거나 본떠 낼 것은 못됩니다."

"금강산 구경이란 것은 만폭동 계곡 하나를 둘러보고 나가는 것…."

"금강산의 다른 구경은 모두 만폭동 구경의 부록…."

만폭동 1.2 km 에는 수많은 담소가 있다. 그 중 빼어난 것을 '만폭 8담'이라 한다. 흑룡담 벽파담, 비파담, 분설담, 진주담, 거북담, 선담, 화룡담. 사람들마다 느낌이 달라 어떤 이는 진주담 혹은 분설담을 최고로 친다. 맑고 청아한 담소와 우뢰와 같은 폭포가 옛 시인들의 시정을 자극했나보다. 율곡은 만폭동 폭포를 두고 '푸르른 수은이 쏟아지는 듯'하다고 묘사했다.

금강산 상팔담.

내금강의 백미는
산과 절묘하게 조화를 이루고 있는
보덕암이 아닐까 싶다.

배롱나무 꽃필 적엔 병산에 가라

　　폭포와 담소들도 절경이지만 내금강의 백미는 산과 절묘하게 조화를 이루고 있는 보덕암이 아닐까 싶다. 수십 미터나 되는 절벽 중턱에 7.3m 구리 기둥만으로 300년 이상을 버텨온 아슬아슬한 건축물은 보는 이로 하여금 절로 감탄사가 나오게 한다. 북한 국보 98호인 보덕암은 고구려 때 지어졌으나 소실되고 이후 17세기에 재건되어 현재에 이르고 있다 한다. 단층 건물이지만 서로 다른 지붕을 얹어 마치 3층 집처럼 보인다.

　　보덕암에 깃든 전설이 재미있다. 희정이라는 청년이 있었는데 금강산에서 공부하던 중 꿈속에서 보덕각시라는 아름다운 아가씨를 만난다. 달아나는 보덕각시를 쫓아가자 보덕각시는 새가 되어 보덕굴로 들어간다. 보덕굴 안에 관음보살상이 있고 그 앞에 책들이 쌓여 있는 것을 본 희정은 참선 수양하여 큰 학자승이 되고 후에 보덕암을 세웠다는 전설이 내려오고 있다.

　　고려때 학자요 문인이었던 익제 이제현은 보덕암에 들렀다가 시 한 수를 남겼다.

　　　차가운 바람은 바위 서리에 풍기고,
　　　골짜기 담긴 물 깊고도 푸르구나
　　　지팡이 의지하여 벼랑을 바라보니
　　　나는 듯한 처마는 구름 탄 듯하구나

내금강 묘길상.

　사진 찍을 배경으로 가장 뛰어난 곳도 단연 보덕암이다. 뾰족하게 솟아 있는 두개의 산봉우리를 배경으로 보덕암의 고풍스런 자태가 어우러져 한 폭의 동양화를 연상케 한다.

　편안하게 난 오솔길을 따라 2시간 가까이 올라가면 마하연 터와 묘길 상이 나타난다. 마하연은 표훈사 스님들이 참선을 하던 암자였으나 지금 은 터만 남아 있을 뿐이다. 경허선사, 만공, 효봉, 성철스님 등 법력이 깊 은 스님들이 이곳에서 수양을 했다고 한다. 묘길상은 문수보살의 한자어 라 한다. 바위를 대패로 민 듯한 암벽에 높이 15m, 너비 9.4m의 거대한

나옹화상이 조성했다고 전해지는 삼불암.

마애불이 조각되어 있다. 고려시대 나옹화상이 만들었다고 전해지며 금
강산 최대의 석불이다. 남쪽 관광객들을 향해 살포시 웃고 있는 모습이
정교하기 그지없다. 내금강 관광은 여기까지다. 묘길상에서 정상인 비로
봉까지는 6km 남짓 된다. 통로가 차단되어 있다. 언제쯤이나 개방이 될
지 아쉬움을 남겨두고 돌아가는 발길이 무겁다.

내려와 표훈사 근처 야외에서 점심을 먹었다. 금강산도 식후경이라는
말을 이런 때 쓰는 모양이다. 금강산에서 북쪽 안내원들과 함께 한 야외
뷔페음식의 맛은 색다른 것이었다. 등반 중 친해진 여성 해설원이 "술 한

235

잔 부어드릴까요" 라고 친근감을 표할 때 남과 북의 관계가 이렇게 가까워지고 있구나 하는 마음에 격세지감을 느꼈다.

식사 후에 산보 코스로 삼불암과 백화암 부도, 장안사 터, 울소를 둘러보았다. 삼불암은 나옹화상이 조각한 미륵불, 석가불, 아미타불을 말한다. 여기에도 전설이 내려온다. 고려말 김동거사가 나옹화상을 질투하여 불상 조각하기로 재주를 겨루었으나 나옹의 삼불암에 비해 자신의 육십나한상은 졸렬하여 울소에 투신해 버린다. 그의 아들 3형제가 달려와 연일 통곡하다가 그 아비 뒤를 따랐다고 한다. 김동거사의 시체바위와 삼형제바위가 있어 슬픈 울음소리가 들려 울 명鳴, 못 연淵자를 써 명연이라고 불리기도 한단다. 백화암 부도 자리엔 서산대사비가 있다. 임진왜란 때 수천의 승병을 모아 왜적에 대항했던 서산대사를 기리는 비석이다.

내금강을 뒤로 하고 왔던 길을 따라 외금강으로 돌아오면서 한 가지 격정이 앞섰다. 남쪽 관광객들이 늘어나 내금강에 위락시설이 생기면 청정한 이곳이 서서히 오염되지 않을까 하는 노파심이었다. 선조들이 우리에게 물려주었듯 우리도 자손에게 훼손되지 않은 자연유산을 고스란히 물려주는 것은 우리의 도리이자 의무가 아닐까? 단지 기우에 지나지 않길 바랄 뿐이다.

금강산은 사계절 이름이 다르다. 금강산, 봉래산, 풍악산, 개골산으로 봄, 여름, 가을, 겨울을 달리하여 불린다. 그때그때 경치가 다르고 변화무쌍하기 때문이다. 철에 따라 다르기도 하지만 날씨와 시간대에 따라 모습이 천차만별이란다. 비오는 날은 비오는 날대로 운치가 있고, 비가 그친 뒤에는 구름이 산허리를 감싼 모습 역시 장관이다.

　돌아오는 길에는 감흥을 주체할 길 없어 선현들의 흉내를 내어 시 한 수를 적어보았다.

　　반세기를 돌아 금강산 찾아가니
　　잣나무 소나무 빛깔은 그대로인데
　　예전 사람의 낯빛은 온 데 간 데 없으니
　　누굴 불러 옛 이야기 나눌까나
　　아서라 금강산 올라보니 천지 산이 저만치 밑이라
　　같이할 이 없어도
　　바람과 구름과 물과 나무와 산이 함께하니
　　세상 아쉬움이 없더라

(2007. 6)

분당 뒷산에서
소박한 동네 뒷산에서 아날로그를 그리워하다

가끔 분당 뒷산에 오른다
샤넬향기 풍기는 청계산은 어쩐지 싫다

제멋대로 자란 잡초
이름 모를 산새
사람이 가도 울음을 잘 멈추지 않는 풀벌레
이들이 반기는 그곳이 좋다

능선길 멀리 북쪽 하늘 밑엔
거짓, 다툼, 고통, 좌절, 조급, 스트레스, 껍데기…
세속의 군무가 보인다
나도 30년 이상을 이것들과 같이 뒹굴었다
살기 위해…

이제는 그저 휘황하게 보일 뿐 다 부질없는 짓들이다

빈 몸으로 부싯돌 달구는 아날로그가 그립다
아담과 이브가 뛰노는 에덴동산이 그립다

친구라고 불러주는 이 있어
포도주 익거든 같이 나눌 수 있으면 족하다

아, 석기시대여 다시 오거라!